韓牧社會詩

韓牧 著

韓牧簡歷

　　韓牧，本名何思捣，另有筆名鄭展怡、向巽玲、衛紫湖等。1938年花朝節生於澳門戀愛巷。澳門大學文學碩士，「澳門新詩月會」創辦人，1957年夏移居香港。港、澳、新加坡多個文學團體之會員、理事。曾任港、澳兒童文學獎、工人文學獎、青年文學獎評判，青年雜誌主編。1984年春，率先提出「澳門文學」名詞及概念。1989年末移居加拿大，任「加拿大華裔作家協會」理事，同時是加拿大多個藝術家團體之會員、理事。國際詩人協會會員。著有《韓牧文集》（上下冊）（獲獎）《韓牧評論選》《剪虹集：韓牧藝評小品》《韓牧散文選》、電郵書信集《牧人看世界》《牧人聲聲惜》及詩集《韓牧詩選》（獲獎）《島上與海外》（上下冊）《韓牧社會詩》《愛情元素》（獲獎）《梅嫁給楓》《新土與前塵》《待放的古蓮花》《伶仃洋》《裁風剪雨》（與何乃健、秦林合冊）《回魂夜》《分流角》《急水門》《鉛印的詩稿》及《草色入簾青：韓牧攝影、杜杜詩詞》、《Finn Slough 芬蘭漁村：溫一沙攝影、韓牧新詩》（中英雙語，獲獎）、《她鄉，他鄉：葉靜欣、韓牧新詩攝影集》（中英雙語）等。在香港、台灣、中國、美國屢獲詩獎。詩作入選香港中學及加拿大大學教材；寓言詩獲日本選入「中國語」課本中；詩作《一朵罌粟花的聯想》為加拿大國殤紀念日唯一中文朗誦詩。

　　主要論文有：〈杜甫鳥類詩初探〉〈建立「澳門文學」的形象〉〈澳門新詩的前路〉〈馮至詩分期研究〉〈論兒童詩的寫作〉〈舒巷城詩的本土性〉〈新文人畫的開創〉〈墨緣印象：論中國、日本書法〉〈詩人寫生與畫家寫生〉〈寫我甲骨文〉〈用「國」

「族」「文」分類海外華裔文學〉〈僑民・居民・公民：從加拿大華文新詩窺探加華詩人的自我身份定位〉〈論詩人汪國真〉〈從人類遷移史論移民作家的身份與立場〉〈加拿大華文詩中描寫的本國社會現實〉〈加拿大華文詩中描寫的外國社會現實〉〈港澳與南洋文友的情誼及「澳門文學」的覺醒〉。

　　何思捣（筆名韓牧）亦是書法家，早年師從書法大家謝熙先生，屢獲香港青年書法冠軍。擅長甲骨文、隸書、楷書、行草各體。現居加拿大。

　　作品曾個展於加、美、中、台、港、澳。其中，1997年獲加拿大卑詩大學（UBC）主辦，首展長篇甲骨文《心經》、《正氣歌》（後又有《大同篇》《國父遺囑》等），學術界譽為首創，加拿大國家電台作海外報導。1998年獲澳門政府主辦港澳巡迴個展，得學者饒宗頤、何叔惠、羅慷烈、馬國權諸位教授讚賞，《亞洲周刊》及《美國之音》電台專訪。2001年應台北國立國父紀念館之邀作《緬懷國父》書法個展，《宏觀衛星電視》到場專訪，全球報導。旋應美國金山國父紀念館之邀，作同題個展。

　　書作屢獲博物館、美術館、基金會、文學館、圖書館、紀念館、文化部、領事館、碑林、碑廊等文化機構收藏。著有《何思捣書法集》（中日英三語）。論文《寫我甲骨文》獲選入《世界學術文庫・當代文化卷》。

《韓牧社會詩》自序

我曾在一篇論文中說:「社會現實,指的是社會上出現的現象、事件,不指個人與家庭的悲喜、抒懷、詠物之類。也就是說,社會現實是與個人生活相對的,它又與大自然相對的。」

我又說:「典型的描寫社會現實的詩,非小我情懷,非風花雪月,非哲學思致,更非玩弄文字遊戲,而是切實的、切身的。文學非社會學,但客觀上有其社會功能,甚至可以改變人心,改變社會。這種詩,在個人情懷與哲學思致的中間,近於最近的流行語『接地氣』。」(韓牧:〈加拿大華文詩中描寫的本國社會現實〉)

我在二十一世紀第二個十年(2011-2020),寫詩不少,除了已出版的《島上與海外》(上、下冊),現在剛編好的這本《韓牧社會詩》,都是直接寫社會現實的。因為編輯得遲,其中有35首(組)是2020年以後新寫的。

這第二個十年,社會運動特別多,我這個杜甫千年後的「粉絲」,不能不特別勤快了。為了保證《島上與海外》的「純潔」,有幾首(組)編入時,刪改成「潔本」。該書的〈自序〉說:「那些『不潔』的部份,雖然可以接受自己良心的審判,但到底不宜在此時此地公開場合出現。不過,到底是自己心血結晶,親生骨肉怎忍斷然拋棄?留著,等候著適宜的地方,適宜的時間,以素顏全貌,向公眾坦露。地方,也許在萬里外,時間,也許是不知多久的將來。」

現在,這裡,是不是適宜的時間、適宜的地方呢?也許是。也許不是。也不管了。人生苦短,一等再等,也許就不成事,被埋沒不見天日了。也因為人生苦短,若要堅持正義,那怕只是個人認為

的正義，也沒有甚麼要顧慮、要害怕的了。此書分六輯：

第一輯：故鄉。共59首（組）。所謂故鄉，指祖籍國，包含兩岸四地：中、台、港、澳。因社會運動頻繁，強烈，導致詩作量多，內容豐富、強烈。這是個千載難逢的時機，在眼見的將來不會再有的了。我慶幸自己見證了這個時代，雖然同時，我為這個黑暗的時代而悲傷。國家不幸詩家幸，我慶幸自己寫了大量的詩作，真實而詳盡、詳盡而細緻的，記錄歷史。百年之後見到杜甫，我有卷可交。否則，我有何顏面去見他呢？還好意思自命為「粉絲」嗎？此輯有一首〈文字獄的判詞〉比較特別，是批判韓牧的。寫後一讀，我很痛快。因為毫無顧忌，因為罵的是自己。

第二輯：新鄉。共51首（組）。所謂新鄉，指所在國加拿大。因為我身處民主自由，因而對社會的批評，下筆無所顧忌，利如劍，重如槌。現在看到新鄉的詩、與故鄉的詩，數量相若，我才知道自己對兩者的關心，是不相伯仲的。此輯中，〈答客問：為甚麼還要寫詩？〉一首，可見我詩產量多的原因。組詩〈「兩中」使節之異趣〉，寫出很少人會有的社會經驗，有趣味，寫時一氣呵成，不必思玟。〈空思〉一首很特別。這本詩集已經編輯好了，準備交給出版社了，突然振筆直書出這一首詩。它探討、或說記錄一種超乎人類感情的感情。應該不能算社會詩。但因為它的內容奇異而美，是我奇異而愉悅的經驗，我對它偏愛，所以編入此書，作為最後的一首詩。

第三輯：異鄉。共8首（組）。是寫「故鄉」和「新鄉」之外，也就是祖籍國和所在國以外的外國。有日本、烏克蘭、美國，及歐洲的德國、梵帝岡、英國、俄羅斯等。這輯的〈烏克蘭抗俄戰爭小記〉，我最愛，記錄了戰爭最初期，烏克蘭人民的遭遇，它曾使我自己感動流淚。

第四輯：逸詩及歌詞。最近我在舊雜誌《香港文學》月刊中，

意外找出了五首。其中小詩〈不吃飯‧不吃菜〉，純是直寫所見，自覺深刻表達了悲慘的、貧富懸殊的社會現實。〈送家姐移居澳洲〉一首，描寫上世紀八十年代末香港的移民潮，送行的情景，與目前的移民潮十分相似。可見寫實，可以永恆。《香港街景二題》，是我編自己的詩集時看不上眼的。某年回香港，書店中偶然見到一本香港作者編的香港詩選，選我的詩，就是選這兩首。相信編者看重在於它們寫香港本土、香港歷史。可見我當年還缺乏這個視野。另有兩首寫於1989年春夏間，寫的是北京的時事，直接記錄當時的社會實況，一如記者，當然也有自己的想像和判斷。組詩《鄉野小品》共51首之多，其實不是逸詩，只因後來得到土健、李盈兩位教授、賢伉儷合作英譯，十分可貴。李盈教授數月前不幸病逝，現在把這組長作收進來，留個紀念。

歌詞方面，《辛苦一生》是一齣香港電影的插曲，請顧嘉輝作曲，請我配詞。《夢裡不知》是應「香港作家聯會」徵求歌詞而作。

此書收入我所作歌曲九首的手稿。恐怕手稿字小不清楚，所以把全部歌詞在此輯中顯示。其中《民主女神之歌》《冬至沉默》《全人類的頭髮都是白的》《狐狸‧山貓‧丹頂鶴》《亭》《最後一夜》《我甘於》，原先都是我的詩。《偶成》和《枯樹賦》，分別是戴望舒和林夕的詩，我依詩配譜。

第五輯：歌曲手稿。我所作九首歌的手稿影本。

第六輯：附錄。收文章六篇。是評論我的詩、或談及詩人身份的我。評論家古遠清教授的《百年新詩學案‧澳門篇》，對我的澳門時期，有較詳細的介紹。澳門博物館館長呂志鵬的長文〈話說韓牧〉，寫於2018年，深入細述我與「澳門文學」的關係、我與新詩的關係，提出的論點，是其他評論者未及的。他用筆名發表的〈鄉的展現〉，也是寫於2018年，深刻評論我的《澳門獵古》組詩。青黛的〈蔭蔽情感的三棵樹〉一文，感情豐富，剖析自己情感發展的

痕跡，極為細膩。其中涉及我的一首詩。此文是我多年前偶然在網上見到的，但至今一直不知「青黛」是何許人。女詩人空因的〈詩人韓牧印象〉，是寫2012年與我的初見（也是迄今唯一的一次見面），收進來，堪作回味。〈見到了詩人楊煉〉是我最近的發言記錄，文末有楊煉一首難得的短詩，僅十二行，詩名〈致香港人〉，是我幾年前在網上見到的。「朦朧詩」眾多詩人中，我最佩服楊煉，也只佩服他一人，他寫史詩，他也佩服杜甫。從他這首短詩可見，他對那些年的社會運動，理念與我不約而同。現在除了「佩服」他的詩，要加上「敬重」他的人了。

我在《島上與海外》的〈自序〉中曾說：「《島上與海外》，連同尚未編輯的《韓牧社會詩》，與上兩本詩集比（指《愛情元素》《梅嫁給楓》），我自己覺得，除了對大自然、對藝術深情不變外，有很大的不同。那是由於生活的改變、客觀環境的改變。主要有二：外訪變多；社會活動和社會運動變多。體現在詩作上，是減少了對自身的思攷和對移民身份的強調，而增加了對社會現實的關注。……我的很多詩，都是跟從現實世界的變化而成，希望可補充『史』之不足。正式的史，是客觀的、宏觀的、大略的，『詩的史』或稱『史的詩』，加了詩人自己的觀察、感悟、吟詠、評論，是主觀的、微觀的、形象的、細緻的。」

《韓牧社會詩》編出來了，不久，也就出版了。它能否獲得讀者的認同，讀者的喜愛，還有，它的命運如何，是誰都無法預測到的。

我也愛書法，書名是我自己題簽。封面照片也是我拍攝的，那是加拿大烈治文的漁民海難紀念碑，採用織魚網的梭子的形象。個人相片是我妻勞美玉所拍攝，攝於2016年9月，在韓國慶州與會期間。

　　　　韓牧　2024年4月，加拿大烈治文。

CONTENTS

第二輯　新鄉

第一輯

故鄉

燒焦的氣味似無還有
十年烽煙　死灰復燃
沉澱的記憶一一翻起

縱然幻化成白玉盤　青銅鏡
甚至一泓碧綠的小圓湖
都是一陣重來的妖霧

——〈太陽變臉〉

第二十五個「六四」

1

又是年年如是的初夏
又到了　第二十五個「六四」
大陸上名為「北」的京城
「六四」的策源地

中午時份　天變
風狂　雨暴　電閃　雷鳴
白晝頓成黑夜
冰雹　密集地射向人間

當人們　投訴無門反成罪狀
當人們　連追悼的自由都被剝奪
蒼天　換上了黑衣
大哭滂沱

2

同一時間　在海峽對岸
同樣名為「北」的京城
不叫「天安」
而叫「自由」的那一個廣場

中午時份　天變
風狂　雨暴　電閃　雷鳴
白晝頓成黑夜
冰雹　密集地射向人間

3
地球上最長情的小島
入黑時份
十萬人穿上了黑衣　掩護著
手中十萬朵晃動的燭火
這黑暗中微弱的光明

突然而降暴雨狂風雷電交加
蒼天震怒
大地上有一幫人無恥至極
年復一年　重覆著狡辯
還以為瞞得過當代
就騙得過歷史

天變　天變
預示著變天

2013年6月4日，記實。

海島・大陸・回歸

身在大陸時我懷念海島
身在海島
我懷念大陸

在台灣島東海岸的花蓮
倚崇山　望大洋
向東　我倚閭而望

懷念　超越了地理和政治
當生母慘遭浩劫而失智迷途
兒子盼望生母回歸

在台灣島東海岸的花蓮
倚崇山　望大洋
無限重波浪的萬里外

有人向西　倚閭而望
懷念　超越了民族和歷史
慈愛的養母　盼望我回歸

2013年冬，過台灣花蓮，次年夏成稿於加拿大烈治文。

牡丹與巨花

擅畫牡丹被尊稱為「牡丹王」
老畫家在高樓上的畫室
畫他的牡丹

他創作的牡丹活色生香
任誰見了都心情舒暢
榮獲各大美術館典藏
永恆的盛放
將愉悅著一代一代的人
好人和壞人

從畫室下望
一個少年在萬頭攢動的大街
雙手舉起一朵巨大的花
這花令人產生聯想
心情變得沉重

這朵可以無數次開合的巨花
第一次開　就遭毀折
肯定不能永恆了

看來像一場螳臂當車的悲劇
可幸尚未完場

這是正義之戰的第一次戰役
巨花　沒有愉悅人的魅力
卻喚醒了良心
滋生出打造歷史的潛能

老畫家回頭看見畫桌上的牡丹
嘆一口氣　不斷地搖頭

2014年10月，香港「雨傘運動」期間。

屍體

擾攘的大街的水泥路面
正長出一朵朵彩色的蘑菇

是一群伏地的幼童
一筆一筆繪畫出來的

幼童　像伏地的屍體
蘑菇　是雨傘的屍體

屍體　繪畫著屍體
似是奇談　不是奇談

屍體是可以活動的
屍體是可以生長的

2014年10月26日

這黃色的直幅

許多市民驚奇地發現
獅子山巔垂下了一幅黃色
長約一百尺的巨型標語
小傘子之下　五個黑色的大字

不是溫柔儒雅
哀而不傷的五言詩
是生死關頭的呼喊
逆境自強　自主求存
代表香港的「獅子山精神」
顯靈在獅子山

獅子山下　是一個世界
對岸　太平山上　是另一個世界
貧富懸殊的　兩個世界

數以千計的多彩的營帳
駐紮在鬧市的街心
像居無住所的露宿者
像無人發號施令的游勇
像義無反顧的哀兵
正義之師的軍營

獅子山頭的巨型標語
那義旗　轉眼消失
是被專權者拆除毀滅
一如烈士就義前被割破聲帶

陰霾瀰漫中
許多市民驚喜地發現
比獅子山更高峻的飛鵝嶺上
又垂下了相似的一幅

這黃色的巨型直幅
彷彿是招魂幡
在月黑風高的懸崖
不停地招展
要招回香港的靈魂

不是招魂幡
因為香港還沒有死
那是天與人溝通信息的載體
傳遞著天道的旨意
鎮魔降妖的一道靈符

2014年11月3日

峭壁的呼喊

一百多年前是小漁村
一百多年後是國際大都會
目前是中華人民共和國特區

從前有一個出口香木的小港灣
其後有一個維多利亞大海港
名字一直是　香港

記得二十世紀七十年代起
卻被嚴守格律不顧現實的外人
稱之為「香江」
似乎　香港開始不屬於香港人的了

其實香港完全沒有江
他們把通向世界的海港
看做流向內陸的江

他們以為香港只是一個小島
其實全境包含了
香港本島　九龍半島
新界大陸和星羅棋布的離島
沒有江　卻處處是高峻的山嶺
山嶺上　都有峭壁

誰能保證五十年不變？
維多利亞海港越來越窄
大嶼山越來越闊
從旗幟到居民結構
從人民素質到社會風氣
從語言文字到言論審查
全都變　變模糊了

看來只有一樣是屹立不變的
不是山嶺
山嶺也會採礦和建屋
是山嶺上的峭壁

2014 年秋冬之間
港九新界及離島沉默萬年的峭壁
相繼發出臨死的呼喊

最先的是九龍獅子山
它是香港精神的象徵
緊接是全境的極峰
高達千米的新界大帽山
然後是九龍飛鵝嶺　魔鬼山
新界的青山　離島的大東山
下瞰維多利亞港的
香港本島的太平山

誰能保證五十年不變？
香港的青年和學生變了
不再是所謂的馬照跑舞照跳
而是抗拒暴政不再沉默
那正是人的本性的回歸
貧賤不移　威武不屈
像峭壁

峭壁的呼喊　千年不遇
卻不是臨死的呼喊
因為峭壁是不會死的

【後記】2014年10月23日至今，香港的山嶺的峭壁上，接連
　　　　出現巨型的黃色直幡，頂上是雨傘圖樣，其下是粗
　　　　黑的文字：「我要真普選」、「CY下台」、「勿忘
　　　　初衷」等。12月17日記於加拿大溫哥華。

連儂牆上的小花

香港政府總部的外牆
重現了　26 年前
1988 年捷克布拉格的連儂牆

貼滿了彩色的小紙片
寫上千千萬萬的字句
不同的字句是同一個心聲：
「香港人要真民主」

警棍之後
連儂牆被清洗得乾乾淨淨

一個女童　十四歲
依照自己潔白的童心
用白色的粉筆
在牆上畫了兩朵小花
花枝上還有小小的葉片

被拘捕了　監禁了
年齡最小的政治犯

剛硬的黑警棍
打在人頭　開花

柔弱的白粉筆
畫在牆頭　開花

最後的勝利者
是剛硬還是柔弱呢？
是爪牙還是舌頭呢？

兩朵小花立刻被清洗了
但是花不會死
牆上的小花只是花的影像
花的影像
霎時在全港各處怒放

花的本體　在人的心裡
時來運轉就會結成果實

2015年元旦

名歌星與名作家

1

一般的歌星為的是利
利　就是萬能的金錢
有了市場　名也同時來了

她是名歌星
黑雲壓城城欲摧
她說：
「任何創作的功能
　是幫助無法表達自己的人」

「當我述說我的感受時
　大家聽到
　也會覺得是述說自己
　我不是離地的」

時勢提升了她的思想
她甘心失去最大的市場

2

從事嚴肅文學的作家
為的是提高人們的情操
無利可圖　有的只是名氣
大眾視為清高

時移世易
打進最大的市場就名利雙收
名作家是識時務的俊傑

為了擴大市場
他收窄思路

2015年1月3日，夜。

中國第一美女蛇

——觀視頻，十七歲的魏煒表演〈舞之魅影〉。

一個九歲東北女童
經過八年痛苦受訓
做出無人能做到的肢體屈曲
被稱為「中國第一美女蛇」

頭胸著地　　兩隻腳掌叉腰
然後相碰於頭頂
又從後面翻過來
承托自己的下巴

雙腳屈成兩個倒 V 形
四肢之間伸出自己的頭
轉眼人頭不見了　　轉眼
雙手捧人頭放在地上

難　　難做　　也難看
因為不像人形
像畸形的怪胎

視頻上女孩哭了
說：苦　　三年沒有回家
很想念媽媽

媽媽電話說：我也很內疚
但再苦　也要為中國人爭光

舊社會把人變成鬼
新社會把鬼變成蛇

2015年6月，烈治文。

太陽變臉

在晴朗的清晨人們驚見
無雲的天空不是蔚藍
是詭異的黃昏

時間　空間　神經錯亂
一個久存心中的景象浮現
世界末日來臨

壓倒西風　東風翩然而至
太陽浮在漂流的霧霾間
幻化成明媚的月亮

變黃　變紅　變橙　變白　變紫
可堪直視　連續的變臉
都是當年的紅太陽

燒焦的氣味似無還有
十年烽煙　死灰復燃
沉澱的記憶一一翻起

縱然幻化成白玉盤　青銅鏡
甚至一泓碧綠的小圓湖
都是一陣重來的妖霧

【後記】最近兩天，因山林大火，天色異常。從日出到日
　　　　落，太陽雖不時變色，但都呆滯無力，可堪直視，
　　　　瞞不過人們的眼睛。2015年7月7日。

安和阿嬤

一個臨死的母親
深情凝視她緊抱的嬰兒
目不轉睛
已經四千八百年了

中台灣最古老的人類化石
在台中市安和路出土

母親已死　嬰兒已死
肉身已化　骸骨石化
史前的愛的石像永恆不死
警醒著史後的我們

2016年4月末，烈治文。

觀香港特首選舉荒誕劇直播

方正的白光

六、七位面善的男女議員
一字形走進這高貴的大廳
手持正義的標語齊呼口號
在擁擠的人群中無人理睬

想起昨夜　在那個廣場
長髮叔叔在黑暗中演講
幾千個手機不約而同亮起
擺動擺動　方正的白光

扶靈

黑衣大漢　神情肅穆
分據兩側抬一個白箱子

前有開道　後有護衛
夾道的人們黯然

空氣沉沉　箱子緩緩
走向點票室

萬份之一的民意

誰都猜到的結果
終於揭曉了

是一人一票選出來的
七百多人的　一人一票

正好是　全城七百多萬人的
萬份之

2017年3月26夜，烈治文。

媽媽，你別走！

兒童節那天
載著媽媽的摩托車開走時
九歲的張美豔哭喊狂追：
「媽媽，你別走！」
媽媽無奈地回頭

司機起初還放慢車速
為趕時間　只好越開越快
張美豔氣喘喘追了一公里
直到累攤在地　還在喊：
「媽媽，你別走。」

父母出外打工
她與祖父母留守在
山西嵐縣雙井村老家

祖父病重臥床
兒童節前夕
祖母問她想要甚麼禮物
她含淚說：「只想見媽媽。」

媽媽在內蒙的酒店打工
三年沒見面

得到當地義工團體幫助
媽媽請了兩天假
路途遙遠　交通轉接
只能在家半天

全國有留守兒童六千多萬
其中一千多萬
一年到頭見不到父母

貧富懸殊加上戶籍歧視
原來我們
生來就分成兩個階級
貧家的　農家的一個
天倫的親情也會被剝削

「媽媽，你別走！」
張美豔的淚水滴了出來
從我的眼眶

2017年6月，烈治文。

宇宙最大的騙子

2017年8月21日近午，在加拿大烈治文觀日食之後作。

我不要特殊的眼鏡
我不要保護眼睛的設備
兩隻眼睛的死亡
又算得甚麼
我要毫無遮擋的直視太陽
直視宇宙最大的騙子

眾人仰望　眾人注目
猛烈的太陽漸漸化身為
橙色的上弦月
又漸漸變成一彎迷人的新月
寒風驟起　氣溫漸降
天色趨暗仿如日落
卻又不是日落時分

眾人的驚叫中
紅太陽已成了黑太陽
天地全黑　天星閃現
連永遠無法得見的
太陽背後的星辰
星光　曲線地繞進我視野內

我目擊
躲藏在太陽背後的秘密

黑太陽背後仍然是紅太陽
所謂黑太陽
其實只是月球的黑影
黑影繼續移動
太陽又再化身為彎月
天地露出了微明

在我立足的橡樹的樹影上
出現無數人人小小的彎月
在草地上　水泥地上
台階上　牆壁上　門窗上
以至我自己的身上

無數的彎月以溫柔的造型
以甜滑的淺橙色
企圖迷惑我

我還是清醒的
這些　不是溫柔的月亮
而是太陽被食剩的部份
也不是被食剩的部份
是太陽復活了的部份
幻化而成

我還沒有失憶
在二十一世紀的北美
我記起二十世紀的東亞
東亞的太陽

那土黃色的蝴蝶

1980年，我寫了《追尋杜甫》組詩，其中兩行：「落花時節／不是李龜年　是鄧麗君」。2017年11月，到泰國開學術會議期間，蒙好友款待，入住清邁帝國美平酒店；在這鄧麗君最後居留之處，緬懷她短暫而燦爛的一生。

1. 媽媽點唱

小女孩很會唱歌
媽媽很愛聽歌

叫她唱白光的
她就唱白光

叫她唱周璇的
她就唱周璇

2. 合唱變獨唱

音樂課
同學們開始合唱了

她一開聲
大家都忘了開口

在靜靜地欣賞
她好聽的歌聲

3. 努力與謙讓

每到一地總要學當地語言
粵語近古語　難學
她到香港未足一個月
可以在台上用粵語對答了

見到同台的歌手身量較矮
她暗地換上平底鞋
還穿上長旗袍掩蓋

4. 晚上聽小鄧

能沖破隄壩的
是最柔軟的水

嬌柔甜美的歌聲
浮海而來
登陸悠悠的黑夜
不必翻牆
貫穿了鋼鐵的高牆

家家戶戶緊閉門窗
在蒙頭的被窩裡

偷聽從未聽到過的
新奇美妙的天籟

天籟？　不是天籟　是仙樂
仙樂？　不是仙樂　是人樂
人性的樂　一如仙藥
撫慰著　醫治著
千千萬萬
被高亢的噪音震傷了的
耳膜

5. 在日本

已經譽滿台港澳東南亞
應日本之邀前去學習
竟然
晚上要到夜總會演唱

公司一度要她改變唱法
她堅持自己的特長
維持自己的風格

6. 外國外語

不要忽視在日本的非凡成就
不是說她獲獎無數
破紀錄無數

唐三藏在印度
不是用母語而是用印語辯論
是全印度冠軍

鄧麗君在日本
不是用母語而是用日語唱歌
是全日本冠軍

7. 500首歌

她說能背誦的歌有 500 首
朋友不信
她立刻寫出 500 首的歌名

絕技是天賦加勤力
童年時　日裡上課
夜裡由媽媽帶著去賣唱
上課時不聽課
只顧喃喃的溫習歌詞
周圍的同學都覺得討厭

8. 月明中

任何人都無法想像
那次錄音　有一首歌
她一連唱了十五次

監製仍不收貨
是情緒沒有控制好

「春花秋月何時了
　往事知多少
　小樓一夜又東風
　故國不堪回首月明中……」

她不斷飲泣

9. 正義

「民主歌聲獻中華」
要在香港跑馬地舉行

她獨排眾議
從日本趕到香港
主動要求參加

額頭綁了白布條
一連串血紅的「民主萬歲」
胸前掛了手寫黑字的紙牌：
「反對軍管」

她急步上舞台
面對幾十萬席地而坐的群眾

用從未有過的最高音　最強音
唱從未唱過的：

「要盡快回去
　把民主的火把點燃
　不要忘了我們生長的地方
　在山的那一邊！」

10. 常常哭泣

此後
不論在巴黎的紀念會上
唱著《歷史的傷口》
還是在香港的錄音室中
她常常唱至中途泣不成聲

不再是「盡快回去」「山的那一邊」
而是怎麼也不回去
除非……

11. 愛情的慰藉

最柔情的嗓音
最剛強的主見

還只是四歲大的幼童
自己到影相館影相

說是媽媽叫她來的
其實家人都不知道

面對財宏勢人的唱片公司
堅持自己的歌風

在巴黎遇到遲來的愛情
堅拒家人的反對

12. 慷慨待人

自己的支出
一分一毫記錄清楚
是個克己的人

總是隨身準備好
一疊一百法郎的零錢
隨時給小費

同行女友說：
我換些五十法郎的給你好了

有時小費給二百法郎
男友制止
說給二十法郎就夠了

13.《星願》

居住在空氣清新的清邁
反璞歸真不施脂粉
偶然被遊客認出來
她搖頭否認

在這全城的最高處
日裡憑窗俯瞰全城彩色的房屋
夜裡撫摸黑色天蓋上的星星

聰明又勤奮
開始學習創作歌曲
有一首未完成的
叫《星願》

現在
天際繁星中
有一顆「Teresa Teng」不斷在運行
那是 42295 號小行星

14. 最後一聲

1995 年 5 月 8 日下午
泰國清邁帝國美平酒店
1502 號房門口
她倒在走廊土黃色的地毯上

她竭力喊出　最後一聲
正是牙牙學語時的第一聲：
「媽媽！」

在我耳裡
這一聲呼喊是最後的歌聲
「媽媽」
不單指生育身體的母親

15. 土黃色

美平酒店以土黃為主色
桌椅　櫥櫃　帳幔　地毯
窗簾　鏡框　燈座　燈罩
廢紙籮……

信紙　信封　便條紙
全是土黃色的文字和圖案
圖案是傲霜的芙蓉花

還有這黑桿金咀的原子筆
這雙象牌的瓶裝水

她那時使用的
一定就是這些

16. 化蝶

我拖著行李要離開酒店了
大門一開　翩翩飛進來
一隻土黃色的蝴蝶
一瞬　就不見了
她要完成她的《星願》嗎？

「落花時節
　不是李龜年　是鄧麗君」

杜甫　是人們心中的「詩聖」
有一位「歌聖」
在我心中

2017年11月初稿於泰國清邁，
2018年鄧麗君65歲冥壽日（1月29日），於加拿大烈治文。

要命　還是要名？

修憲刪除主席連任規定
學者們都不願接受訪問

竟有一位接受
他答：我有主見但不說出來

他　定是反對修憲了
他怕人頭落地

也不一定　也許他贊成
他怕名譽掃地

要命　還是要名？
這是個問題

2018年2月，加拿大烈治文。

純情兩首

阿拉伯字

寧夏銀川市中心的觀景區
長逾兩公里的「中阿之軸」
前年才建成　而現在
要拆除改建

巨型的伊斯蘭月牙
改成中國玉壁
阿拉伯穹頂亭子
改成中國涼亭

清真餐館的標誌
改為全用漢字
加上漢語拼音字
不許再有阿拉伯字

阿拉伯字消滅得了嗎？
地球上任何一個國家民族
甚至每一個人
天天都要使用

鄉愁沒有了

我喜歡吃一種罕有的
韓國產的雞蛋餅乾
彎形的　夾了海苔
像長了青苔的屋瓦

包裝土裡土氣
玻璃紙袋　頂上紮了口
牌子是兩個墨書漢字：
「鄉愁」

今天到超市買　沒有
職員說斷貨很久了
何時再有來貨？　說是未定
也許買的人少不再入貨了

「鄉愁」我也吃了很久了
也有點吃膩了
也不必再吃了
因為我已經沒有鄉愁了

2018年3月

數典

1. 花的名

回歸前香港是市
市花正名是「豔紫荊」
人們愛稱為「洋紫荊」

1880 年一位天主教神父
在香港島薄扶林
發現這一個新樹種

後來植物學家證實
是「洋紫荊」和「羊蹄甲」
偶然雜交而成的混種

這混種名稱混亂
有稱「洋紫荊」有稱「羊蹄甲」
都紀念著它的祖先

回歸後香港升格為區
區花仍然是這花
不扶清而滅洋　改稱「紫荊」

有所謂「金紫荊廣場」
有所謂「大紫荊勳章」

是遵照神聖的《基本法》

區旗區徽是「紫荊花」圖案
花蕊是五顆星
與中國國旗的五星對應

原產香港的「洋紫荊」
與原產中國的「紫荊」
其實千差萬別

為了「政治正確」
偷龍轉鳳　偷天換日
「洋蔥」也要改稱為「蔥」了

2. 人的姓

花的名可以改
人的姓　也不是不可以改
只因漢字簡化

我有幾位師友
姓「葉」的被改為姓「叶」
姓「傅」的被改為姓「付」
姓「蕭」的被改為姓「肖」
姓「戴」的被改為姓「代」了

2018年5月，加拿大，烈治文。

冒起的本土

極南海岸一個奇特的城市
在人們不意之間
草根處　冒出一片奇特的土

他珍愛自己的奇特
自覺不同於北方
拒絕混和

亞洲　歐洲　美洲
浪游的土有國際視野
用文學宣揚他的城市

微笑的他回到混濁的亂世
加倍捍衛自己的本土
直到筋疲力盡

可以放心　他的後繼者
因他的倒下已加速冒起
一片一片　同樣奇特的土

【後記】也斯於2013年1月病逝時，我打算追記交往點滴，因
　　　　心境煩亂未成，一直耿耿不能釋懷。2018年夏，香
　　　　港陳勁輝導演、陳淑嫻教授攜來記錄片《也斯·東
　　　　西》，5月8日在溫哥華中山公園放映，觀後成此。

中國基因

1

加拿大衛生部宣佈
回收 28 種含纈沙坦的降血壓藥
因為這原料曾受污染
含致癌和損害肝臟的成份

全國有 440 萬人正在服用
我是其中之一
這藥我吃了十幾年
污染何時開始不得而知

誰都以為加拿大藥品最安全
誰會料到這藥的原料
是中國浙江的海華藥業供應

家庭醫生立刻為我換藥
她說：降血壓藥不能停
有個病人害怕致癌停服
停服三天後　死了

2

中華人民共和國國籍法
不承認雙重國籍
事實上一旦觸及政治官司
華裔體內的基因就起作用
把你當成中國公民來辦

加拿大政府也曾警告
雖然華裔已入籍為加拿大公民
若回到母國涉及有關官司
政府愛莫能助
即是說：「歸寧」歸而不寧
加拿大同樣「不依法治國」

3

精神方面早已備受傷害
原來遠在萬里外的肉體
也一樣

華裔到了天堂
也逃不過中國基因的捕殺
下一輩子可以逃得過嗎
基因是原罪
你還愛「我媽的」國嗎？

2018年8月，加拿大。

露出尾巴兩女性

1. 台灣女作家

一位華語文學界中
有國際聲譽的女作家
我一直非常敬佩
何況我與她同年生
有親切感

最近她接受記者訪問
她說：
「我如果是大陸人
　我如果有本事
　　絕對要武力統一」
這無視兩岸同胞的生命

我不知道她有沒有本事
我們慶幸
她不是大陸人

但我還是擔心
一旦她有本事
又入籍為大陸人

2. 加拿大女律師

這個女律師要競選市長
報紙上登大幅廣告自讚：
「她的傳統美德值得讚賞」
她是「公益慈善家」
她是「大家的市長」

北京大學歷史系學士
加拿大社會學碩士
加拿大法學博士
執業律師十七年
曾獲加拿大十佳傑出女性獎

她接受英語媒體訪問
聲稱中國有充份的
言論新聞自由
中國沒有人權問題

記者提到劉曉波
她表示沒有聽過
記者說在中國有記者遭監禁
她說不相信
她相信百份之九十九的人
同意她的看法

說沒有聽過劉曉波
不就露出了無知的馬腳嗎？
怎可能沒聽過呢？　她說謊
她露出的不是馬腳
是狐狸尾巴

2018年10月

瞞下，同時瞞上

香港區議會選舉
中國官媒不提結果

選舉最重要的
當然是投票結果
居然可以不提

不能算「瞞騙」的「騙」
但卻是「瞞騙」的「瞞」

以為一定大勝
卻來了個大敗

原因何在？
也就因為「瞞」
瞞下　同時瞞上

大敗了　如何解釋？
容易：外國勢力

2018.11.26.

歸寧港澳

走進民間

一直認為高格調的藝術
應該展示在高雅的展場
收藏在藝術館　博物館

相信你的攝影　我的詩
都算是精緻的

不在中環的大會堂
不在尖沙咀的藝術館
卻貼在廢棄的工廠大廈
粗糙的牆壁上

電梯內壁密密麻麻的
文化活動的海報

時移世易
藝術無論高低
走進了民間

發現奇景

鬧市酒店客房窗前
竟然見到溫柔的
可以直視的白色的旭日
冉冉　從山線升起
在橙色灰色的雲間

即時電話告訴親友
但他們不相信

其實只要細心觀察
隨時隨地
都會發現奇景

在別人都在熟睡時
見到流星
在別人還在床上時
見到旭日

當然還要有一雙
敏銳的眼睛

奪目的藝術品

屯門碼頭的老榕樹
樹腳一叢肥壯的綠葉

開一叢橙色的花

濃陰的海旁的通道
人來人往
沒有人注意到
這奪目的藝術品

對殺

一對斑鳩在高牆頂
激烈的打架
跳躍　糾纏

細看是歡快的
延續生命的行為
像對殺

兩面紅旗

碼頭頂上兩面紅旗
一是星星
一是花朵

在這城市生活了三十二年
1989 年　我離開了

再回香港
是在 1997 易幟後一年
中環文華酒店大門上
飄揚得疲倦的
不是看慣了的藍色
是陌生的紅旗

離開這個城市也二十九年了
如果三年後再回來
我是否已看得慣呢

仿古建築

可以說是重視歷史
可以說是有仿真的技術
可以說是財力雄厚
仿造的古建築

我還是願意看到
我兒時見慣的
殘舊破敗
真實的古建築

活化石

應約一次澳門文學訪談
我首先介紹自己

他說不必了
他流暢的背誦了我的簡歷
然後請我指正
「沒有錯
　　比我自己說還要詳細」

他最感興趣的問題
許多是當年微不足道的
三四十年後的今天
就成了掌故　逸事

我已經老了嗎？
他當我活化石

一定是小眾

新詩攝影集的發佈會
附在「書香文化節」

時間到了
擴音機大聲呼叫：
新書發佈會開始了
在外面書攤留連的人
好像沒有聽到

我們的文友
以及

幾個看來是文藝青年
從龐大的展銷場
來到這冷落的一角

我沒有失望　反而自傲
從來高層次的文學藝術
一定是小眾

2018年11月，香港、澳門。

祖國就是你，你就是祖國

2019年1月16日早晨閱報，白樺昨天病逝上海，年89。反覆追
憶，思緒凌亂，終夜不能入睡，索性起床作記。17日凌晨。

（1）

初識，在1987年香港的冬季，當時我寫了〈白樺〉一詩：

白樺

一頭白髮
輻射
命中所有的眼睛

向我們移近
卻反而縮小的
明星
不冷不熱
溫暖而可親

可以直視　甚至撫摸
每一絲白色的光芒

我於1989年冬移居加拿大，不久，收到他輾轉寄到的一封
信，說台灣某出版社，要為他出一本書，他很想將我這首詩
放到書中，希望我同意。我驚喜。

（2）

我到達加拿大後，旋即換軌道，新詩不寫了（十年後才恢復
寫），專心研究書法，尤其是甲骨文的。為了創作書法作
品，我自擬過幾十副對聯。家居北望，有一列白樺林，憑窗
外望，總見到白樺，就想起白樺。我到加後第一副對聯，正
是寫好寄贈給他的：

　　白樺思舊友
　　黃柳立新鄉

後來這書法作品有小序：「前年暮冬自港移此，見白樺林，
思念好友，更感落寞。此地多柳，枝葉先黃後綠。古人折柳
贈別，取其最易生根異鄉，以慰行人，而我，亦一黃柳乎？
九一冬，何思撝重寫。」

（3）

「您愛這個國家，
　苦苦地戀著這個國家……
　可這個國家愛您嗎？」

這戲劇對白
早已精簡成
人人熟悉的金句：

「你愛祖國
　祖國愛你嗎？」

看來這愛祖國
是盲目的單戀
卻不是無緣無故
它緣於
非人性的狹隘的國族主義

當祖國是個極權的祖國
如同陰毒虐兒的後母
你還應該愛她？

一旦祖國成為民主的祖國
那時
祖國就是你　你就是祖國
有誰不愛自己的呢？

2019年1月17日。

買梅菜的考慮

我愛吃梅菜
（也稱為梅香菜　梅乾菜）
超市見到中台港三種並列
惠州　惠金橋牌
台灣　裕民商標
香港　石澳鶴咀道　石鶴牌

我一直吃的是香港大澳出產的
家庭作業　沒有商標
梅菜難免帶有沙粉
清洗十次八次也未乾淨
十分麻煩

石澳是香港著名海灘
移民前常去有親切感
原來也有梅菜出產
還是唯一免洗免切的「方便裝」
雖然價錢高於其它三四倍
就買這個

回家細看包裝袋
原來成份複雜

有增味劑兩種：

E621谷氨酸一鈉

E635呈味核甘酸二鈉

又有抗氧化劑

E385乙二胺四乙酸二鈉

真不知是甚麼東西

包裝袋角印上「中國製造」

「Product of China」

「製」字是失蹤多時以為死了

「衣」字腳未被吃掉的

正式繁體字

那是香港產品嗎？

香港也屬中國

依網址一查

石鶴牌開業於1968年

以前只銷美加兩國

為的是供應華人移民

後來市場擴大

單是香港銷售點已近一百處

生產線早已北移中國惠州了

一提到中國

就聯想到黑心食品

這些添加劑控制得宜嗎？

下次還是恢復買大澳的
它最便宜　因為成本低
花不起買添加劑和添加的人工
我買蓮子
一定買最便宜難看的
它未經漂白處理

我愛吃梅菜
就耐心多洗幾次吧

2019年5月3日

冒牌中國

加拿大外長方慧蘭
打電話給外長王毅
王毅不接

加拿大總理杜魯多
打電話給總理李克強
李克強个接

「往而不來　非禮也」
兩國尚未交兵
居然傲慢無禮若此

人人都說：
「中國是禮義之邦」

如果這句話屬實
王外長李總理的國
就不會是正牌的中國
也許算副牌
也許是冒牌

2019年6月

連儂牆邊的質問

全港各區紛紛建立起連儂牆
無數彩色的小紙片
呼喊出群眾的心聲

牆邊兩批人推撞對罵
一人怒氣沖沖質問：
「法律大還是民主大！」

人頭湧湧　人聲嘈雜
我聽不到回答
也許沒有人回答

我若在現場　我會說：
當然是法律大
如果法律由真民主制定

當然是民主大
當法律由假民主制定
我還要補充　孫中山

幸好他不是個奉公守法的順民
否則他不會叛逆
不會搞事　不會搞革命

2019年7月12日

國家主義與民族主義

1

香港「反送中」遊行示威正烈
美國文友來電郵
說她「對政治冷感」 卻又說
「始終堅持國家利益高於一切」

我說她因為「對政治冷感」
導至對政治無知 我說
「為甚麼不是人民利益高於一切呢？」

相信她沒有聽過一個名詞：
「國家主義」
我建議她上網查一查
一定眼睛一亮：
大日本 希特勒 納粹

她這句話與她的總統
特朗普的「美國優先」很相似
不要誤會 其實她心中的「國家」
不是入籍國美國 是母國中國

以她對政治的冷感無知
我不知她是否分得開「國家」和「政府」
我擔心她誤會政府就是國家

2

她又來電郵
沒頭沒尾的只是兩句：
「一朝學得胡兒語
　　站在城頭罵漢人」

看來出自司空圖〈河湟有感〉詩
原句應是
「漢兒盡作羌人語
　　卻向城頭罵漢人」

姑以文友來句論
最切合現況的
想是何韻詩到聯合國機構
用英語發言
「指北京不惜代價阻香港民主」

其實　我認為
漢人罵漢人　用外語罵　在何處罵
都是可以的　有何問題呢？
重要的是
罵的內容是否合理而已

2019年7月19日

設計「空城計」

所謂「反送中」的示威
幾十萬一百萬兩百萬人上街了
那又怎樣！
他們那幾點所謂訴求
撤回？下台？不算帳？
真是笑話！
現在年輕人接二連三的自殺
不是我們殺他們　是自作賤
索性完全不回應好了

受了傷的野獸就是不怕死
他們自封為「義士」「死士」
聽說準備衝擊立法會大樓了
如何應付呢？

他們年少無知
我們老謀深算
大家商量　總有辦法的
以往應付示威群眾
我們與他們對著幹
有鐵馬　水馬　在我們前方
全副保衛和攻擊的武裝
頭盔　盾牌　警棍

催淚彈　胡椒噴霧
橡膠子彈　布袋鐵砂彈
對付雨傘磚頭和血肉長城
綽綽有餘戰無不勝

兵法有云　兵不厭詐
我們應該改變戰術
把防衛線從室外移到室內
我們在立法會大樓裡
與他們隔著玻璃門窗

這也算是保衛立法會
不受衝擊嗎？　是的
我們在室內全副武裝
安排傳媒在我們背後
拍攝他們衝擊的情況
我們按兵不動
這就保證了我們不會受傷
又遵從了最高指示
七月一日全日不許見血

這個紀念回歸的好日子
他們每年都有遊行示威
一見血
以後的七一遊行就會擴大為
他們悲壯的血的紀念
成為他們的「港恥日」「港難日」

甚至「國殤日」

時間上我們要配合好
他們衝擊一開始
消息立刻就要傳到開始遊行的隊伍
許多遊行示威者都反對暴力
聽到前面有人衝擊立法會
都會即時離隊
這就能削弱遊行示威的聲勢

時間怎麼可以配合呢？
一定可以的　衝擊的人
有他們的　也有我們的
就是反對「反送中」的
其中有自發的
也有「他發的」
「他發的」幾個人
玻璃門破了就大功告成
應該立刻自行失蹤
讓「反送中」的人自己進去

要打碎那些不碎玻璃門
是相當吃力的
如果打來打去打不碎
我們不是失敗了嗎？
不用愁　自然有人幫手
你懂的

當玻璃門打出一個洞口時
其實要制止繼續敲打
制止衝擊是易如反掌
可以從洞口射出催淚彈
大量噴出胡椒噴霧
誰可以不走避呢？

如果這樣我們就失敗了
我們有最妙的都署
可以使一般港人的心
以及外國傳媒輿論逆轉
我們就是要等他們衝進來
他們一進來
我們立刻從秘密通道撤出
好讓他們搗亂

他們一定大肆塗鴉
寫標語　塗污區徽
破壞他們不喜歡的人的畫像
佔據主席台
甚至掛起港英的旗幟

這些都是可以預計得到的
這一來　他們就成了暴徒
成了港獨份子

衝進來的群眾一定數以百計
成份一定是複雜的
有他們　也有我們的人
因而大肆破壞是必然的
可以預期　一定有人去搞電箱
我們可以利用這為理由
說如果燈熄滅了會人踩人
所以我們要撤出
其實我們可以保護電箱的
如果有人質問
為何不在室外控制場面
就說我們為了避免衝突
避免雙方受傷
其實我們就是要讓他們搞亂
越亂越好

我們要耐心等待
一直等到子夜十二時
七月一日過去了
七月二日來了
才能去清場

然後準備在凌晨四時
由特首聯同保安警務
開記者招待會
那時港人都在睡覺
但卻是歐洲美洲的白晝

讓世界看到香港立法會
遭到「反送中」者
搞亂破壞後的狼藉的場景

但世界沒有看到
也不會在意
整個下午　黃昏　入夜
長長的一段時間裡
我們按兵不動
縱容他們打破玻璃門
引誘他們走進搞亂而我們撤出
這就是「空城計」

2019年7月2-3日

發揚「六四」維穩精神

下半旗
向李鵬同志致哀
向「六四」維穩精神
致以最崇高的敬意

「致以最崇高的敬意」
向香港警察
三十年後同樣的春夏之交
信譽最佳的香港警察
把「六四」維穩精神
發揚光大了

遊行示威的暴徒
比五年前「雨傘運動」時進步了
他們利用最新通訊「連登」
實行徹底的民主
沒有領袖　沒有大台

我們同樣與時並進
除了精心設計「空城計」
每次遊行示威結束
人群正要散去時　把握時間

把他們趕入旺角的窮巷
趕入沙田的商場
趕入元朗的地鐵站
大規模的「驅趕」
其實是追打圍捕
我們把催淚彈投向記者群
用盾牌遮擋記者的攝影機

不必動用解放軍
不必坦克　機關槍
我們默契著換上白衣的黑人
不分衣服顏色男女老少
大肆毆打包括孕婦
進行恐怖襲擊
就是為了打到他們害怕
不敢再遊行
「999」求救電話我們不接
被追打的市民到警署求助
警署落閘拒之
見同盟弟兄就打個眼色
交談兩句　心照
目送之　轉頭走　一個都不能抓

三十年前在北京維穩了政權
三十年後在香港同樣成功了
靠的就是在第二制中

高度發揚了第一制的
「六四」維穩精神

2019年7月下旬

調查查到自己頭上

反送中運動的怒火
燒了近兩個月了
越燒越烈

數以百計的團體表達的
五大訴求
林鄭政府都沒正面回應

其實最容易答應的
是設立獨立調查委員會
全面公正徹查這運動的各方

好在香港充份具有
全港市民一致信任的
退休終審大法官

最新民意調查出來了
同意設立的市民
佔百份之八十

而不同意設立的有誰呢？
公開強烈反對的
是全部幾個警務人員團體

一個高官在公開集會上
說出不同意的理由
「這樣會影響警務人員的士氣」

北京的首次記者招待會上
回應香港記者提問時
也說這事不急

誰是誰非　真相大白了
反對的　不同意的就是害怕
獨立調查查到自己頭上

2019年8月初。

「外國勢力」的名單

反送中的遊行示威
不論幾萬人　幾十萬人
一百萬人　兩百萬人
都沒有出現過　香港區旗
中華人民共和國五星紅旗

卻偶然會出現
港英旗　英國旗　美國旗
中華民國青天白日滿地紅旗

「別有用心者」
新聞封鎖瞞過數以萬萬計的人
故意誇大了　港獨　台獨
以及「勾結外國勢力」

香港還有言論集會自由
有人持了甚麼旗加入遊行
甚至法輪功的「天滅中共」
誰都無權禁止

在香港誰都清楚
這些甚麼「獨」「外國勢力」

絕對不是主流　連末流都不是
佔不到萬份之一

「別有用心者」就是利用了
中國人的「民族感情」「義和團主義」
達到其終極目標：維穩

前月到北歐諸國旅遊
對冰島和愛沙尼亞特別好印象
還買了一頂
繡上「愛沙尼亞」的棒球帽

如果我回香港
一定參加遊行
我會戴上「愛沙尼亞」棒球帽
手持自製的冰島國旗
很簡單　一幅藍布加個紅十字

好讓「別有用心者」
在勾結「外國勢力」的名單上
加上這兩個小國

2019年8月初

物質人與精神人

相信你也有同感　最近
突然發覺周圍一些老朋友
十幾年來幾十年來無所不談的
不能再交談　一談大家都動氣

這「反送中運動」
是一面照妖鏡
讓人人打回原形
——露出本來面目

細細思量我醒悟到
人　其實可分成兩種：
一種是物質人
一種是精神人

物質人所追求有四項：
衣　食　住　行
精神人所追求同樣有四項：
民主　自由　人權　法治
（其中包括免於恐懼的自由）

作為萬物之靈的人類
精神高級於物質

即使如此
我無意將人分為上下兩等

但我發覺
一向溫柔文雅的物質人朋友
口中的「黃絲」「連儂牆」
會突變為筆下的「黃屍」「連膿牆」
擁護的是政府而非人民

而一些粗魯激烈的精神人朋友
為了爭取人民的
民主　自由　人權　法治
他們輕視物質
連自己最寶貴的物質──
肉體　也可以受傷　也可以不要
背囊裡預先放了遺書

為甚麼我們會突然失去
一些談得來的朋友呢？
因為他們親政府我們親人民
現在　政府與人民為敵

如果政府由人民選擇
政府的作為與人民的意願一致
我們　他們都不會失去朋友
根源是　沒有真普選

不要苛責物質人朋友
他們也有精神生活的
可惜太簡單　又錯誤
從小接受到別人成功的洗腦
他們誤以為忠於政府政黨
就是愛國了

2019年8月初。

追求民主的人鏈
——200萬人、21萬人、200人

1.

兩個月前我在愛沙尼亞
聽到一段感人的史實

1989 年 8 月 23 日黃昏7時
波羅的海三個小國家
愛沙尼亞　拉脫維亞　立陶宛
200 萬人手牽手　唱著歌
延綿 675 公里的人鏈
橫跨三國的全境
為了爭取脫離蘇聯　獨立

這「波羅的海之路」
感動了世界各國
原來在五十年前
1939 年 8 月 23 日
蘇聯和納粹德國秘密簽署了
讓蘇聯併吞這三個國家的
《蘇德互不侵犯條約》

人鏈之後　堅持不屈的努力
一兩年後
三個國家終於成功獨立

2.

「波羅的海之路」三十周年
2019 年 8 月 23 日黃昏7時的香港
21 萬人手牽手　連接港鐵三線
荃灣線　觀塘線　以及
港島線上三十多個車站
人鏈延綿 60 公里　唱著歌
這「香港之路」不是為獨立
是爭取「反送中」五大訴求落實

3.

歐亞不同　吉凶難料
面對強大的蘇軍
犧牲十幾人　受傷幾百人
就換來三個國家的獨立

香港民眾所面對的
並非當年的蘇聯
而是殘暴奸詐陰毒的政府

巧的是　相似卻相反
三國宣佈反道德的《蘇德密約》
自簽署一刻即時無效

而 1984 年簽署　1985 年生效的
《中英聯合聲明》　被宣告為
一份「不具任何現實意義」的
「歷史文件」　如此說來
《基本法》不也是「歷史文件」嗎？

4.

不容忽視的象徵意義
21 萬人 60 公里的人鏈　之上
獅子山頂山脊那一條光鏈
200 個青年自發攀山
閃動著手機　電筒　觀星筆
全港市民不要低頭
抬起頭來　就可以見到

光度雖然微弱
卻一如同時出現在夜空的群星
永遠閃爍在我們心中

堅挺不移的獅子山
堅忍不服的獅子山精神

2019年8月24夜，加拿大。

極權勝過民主

學者們用邏輯用理論
用世界各國實行民主失敗的
大量例子　證明了
極權統治比民主政治
對國家發展有利

你們說的甚麼封建資本主義
甚麼官僚資本主義
說甚麼財富握在權貴之手
其實這才是真正的社會主義
中國式

全國人民已早完全明白
除了一小撮尋釁滋事的律師
維權者　上訪者　示威者
別有用心者　危害國家安全者

十幾億人清楚看到
偉光正的專政行之有效
過去七十年歷史可以作證
它大大發展了經濟
它大大加強了國防
造就成今天創歷史的盛世

假如所謂「結束一黨專政」
龐大複雜的中國一定大亂
所有的民主黨派
都無可能收拾亂局
只會把人民引到水深火熱
而我們才有管治經驗

誰說我們沒有培養接班人？
我們有官二代
官三代　官N代
千年萬代　毋須改朝換代

「六四」的叛國外逃者
許多都信了耶穌　信了神
法輪功謬說甚麼「天滅中共」
這些都只能證明我們的強大
地球上的人類無力抗拒
他們只好乞靈於神　真有神嗎？
騙人的唯心論

外國怎可以干涉內政
關起門來教訓兒女
是我們的家事
鄰居無權說三道四
說甚麼「人權高於治權」
甚至「人權高於政權」
都是廢話　你管你自己的人權好了

中國人的人權由不得你管
甚麼叫「普世價值」？我們不承認

香港人就是執迷不悟
他們不要我們的真民主
他們要一人一票的西方假民主
以為這萬應靈丹
可以發展經濟　萬事大吉

兒女是我生的　是我養的
婚姻當然要遵「父母之命」
給你選派一個最好的特首
一個最好的立法會
給你港人治港　高度自治
這還不是一國兩制嗎？

香港人以為自己精明
精明過大陸人　台灣人　澳門人
以至南洋歐美的華僑華人
其實笨到一定要一人一票
還說連命都不要了
還要甚麼經濟？
連吃飯都成問題的時候
你還要甚麼民主？

你們一定要你們的民主嗎？
好　那就一人一票吧

你們七百萬票
我們十四億票
少數服從多數

還不服嗎？
那就是敬酒不飲飲罰酒
武警上街　坦克進城
再來一次「六四」給你看看
問你們信不信？怕不怕？
這正是十幾億同胞熱切的願望
反正《中英聯合聲明》也好
《基本法》也好
都是過期失效的「歷史文件」

最後的勝利者會是誰呢？
這恰好證明
極權勝過民主

【詩外】作家都關心言論自由，這詩的「言論」，能有「自
　　　　由」嗎？在西方民主國家，絕對不是問題。在極權
　　　　國家，同樣不是問題。

2019年9月13日，中秋節。

獅吼 ‧ 蟬屍 ‧ 虎笑

「獅吼」，怒也；「虎笑」，樂也；「蟬屍」，出自1981年夏
至日韓牧詩〈白望石澗〉中句：「蟬而無聲只算是蟬屍」。

1

香港機場有一人疑似公安
又疑似記者
或者身份是公安兼記者
被示威者綁在行李車上
　　──舉國獅吼

無數維權者包括律師被捕
遭受摧殘身心的酷刑
被認罪刑滿後　禁聲
　　──滿地蟬屍

元朗一大群白衣黑幫
見人就打包括孕婦
警方放任完全不理
那是英雄的愛國行為
　　──全民虎笑

2

示威青年圍住一個老人
踢他的行李箱
前因未明
　　　——舉國獅吼

上訪者被恐嚇追打
解回原地
有冤無路訴
　　　——滿地蟬屍

示威暴徒被追打頭破血流
被捕收監受盡私刑
　　　——全民虎笑

3

一大群民眾齊集合唱
〈願榮光歸香港〉
一人踩場　唱國歌　被打
　　　——舉國獅吼

內地被捕者家人
禍及妻兒　禁足禁聲
　　　——滿地蟬屍

太子站內警察無區別亂打
三人失蹤
懷疑是被警察打死
地鐵公司拒絕公開監視錄影帶
　　——全民虎笑

4

示威青年塗污國徽
降下國旗踐踏　放垃圾箱　投海
黨國一體　視國旗為黨旗
　——畀國獅吼

最新版政治課本
完全刪去人民當家作主
民主權利的篇章
　　——滿地蟬屍

警察的最高領導層
曾上北京的公安部受訓

一些警察不會講廣東話

防暴警察的頭頭匆忙中漏了口
「同志們，到那邊去！」
洩露了非港人身份
　　——全民虎笑

5

一百萬兩百萬人收了錢
出來遊行示威
前排的青年收得最多
　　──舉國獅吼

維權者失蹤
被捕者被自殺
　　──滿地蟬屍

回福建招募壯健同鄉
集體到香港
在北角專責打示威者
　　──全民虎笑

6

有情報
國泰民航機師飛國內
要模仿美國的「911」
　　──舉國獅吼

李嘉誠說「網開一面」
反送中的禍首變成是高房價
香港高房價的禍首是李嘉誠們
人問：「京滬高房價的禍首是誰？」
　　──滿地蟬屍

「十一國慶」前夕
同一天內三個人被兇徒襲擊
有人說是反共的三個方面
最高票當選反送中活躍的議員
法輪功的領袖
《蘋果日報》的記者
　　　──全民虎笑

7

「港獨」是香港的主流
外交部高官說
那首〈願榮光歸香港〉是港獨歌
（實在的，一些香港人，
　　說它是「香港國歌」）
港獨暴徒要「時代革命」奪取政權了
　　　──舉國獅吼

地震　奶粉　艾滋　礦難　藥苗等等
有滋事者要追究責任
　　　──滿地蟬屍

香港警察扮成示威者
向警車投擲汽油彈
　　　──全民虎笑

8

遊行隊伍中
有英國旗　美國旗　港英旗
那就是外國勢力
有青天白日滿地紅旗
那就是台獨勢力
　　——舉國獅吼

炸毀大型佛像
拆除十字架數以千萬計
伊斯蘭寺的洋蔥頂要改成飛簷
　　——滿地蟬屍

說是駐港解放軍換班
但軍車有入無出
應該是增防威懾港人
　　——全民虎笑

2019年9月26日

暴力比較：勇武派與港警察

前言：五個月來的「反送中運動」，雙方的暴力不斷升級，使香港、澳門、台灣、大陸及海外華人中所有的正常人痛心。

漢字被簡化後，吃麵條的「麵」，與吃顏面的「面」（吻），是同一個字：「面」。「吃麵」相同於「吃面」，可笑。制止的「制」，與製造的「製」，是同一個字：「制」。「制亂」相同於「製亂」，可怖！可哀！卻切合實情。

勇：對象主要是死物：黨旗　國旗　國徽
　　　區旗　區徽　黨鐵　黨社　黨報　黑銀行
　　　立法會大樓　畫像　以及非人性的暴警
警：對象全是活人

勇：在大街上　光天化日下
警：此外　在街巷暗角
　　　在封鎖了的黨鐵站內
　　　在囚室　用私刑
　　　性暴力　被自殺
　　　失蹤連同浮屍已一百多宗

勇：對象是個別的反對者
警：對象是數以千計的示威者
　　　以及一般市民

勇：武器是雨傘　赤手空拳
　　鐳射筆　磚頭雜物
　　竹杆　汽油彈
警：警棍　催淚煙　胡椒霧
　　橡膠子彈　水砲車
　　真槍實彈

勇：不准蒙面　沒有偽裝
　　無意也無法偽裝警察
警：蒙面　假扮成示威者
　　搞亂嫁禍　方便拘捕
　　可以假扮社工　記者
　　相反　警察由武警「被假扮」

勇：使用暴力無法律依據
警：有法律依據
　　法律由極權政權訂立　解釋
　　法官由極權政權任命　控制

勇：暴力者是暴徒
警：暴力者是英雄
　　上地下天

勇：暴力獲得多數香港人諒解
　　同情以至支持
　　認為是為香港爭取
　　本來應得卻被剝奪的民主選舉

在內地不准談的普世價值
他們在最前線　用生命
為全體香港人擋子彈
警：暴力獲得多數大陸同胞喝彩
鼓勵　全力支持
是值得致以最崇高敬禮的
愛國表現
擁護極權政權
才能維護國家統一

2019年11月16日，加拿大。

光復中國

第三路夾西敏公路一帶
是最繁旺的市中心
巴士候車亭的廣告燈箱
大字廣告：「光復香港」
「溫哥華支援中國自由民主人權促進會」

清晨被發現遭惡意破壞
紅漆蓋上兩個特大的簡體字：
「中国」
被洗腦的國家主義者
亂打亂撞　把「光復香港」
改成「光復中国」
（細看　国字中間更少了一點
　不是「玉」　是「王」）

把皮球踢進自己的龍門
正好修正了　體現了
發揚了　促進了
該促進會的最高理想

2019年12月11日，烈治文市。

香港人不等於中國人

網上偶見一個視頻　題為
〈香港人不等於中國人，為甚麼？〉
說「大陸人最喜歡質問香港人：
　　你是不是中國人？」

說「中國外交部發言人華大姐
　　曾經反問香港的記者：
　　英國殖民時期的香港居民
　　有上街遊行的自由嗎？」

「其實是有的
　　最大規模的一次
　　就發生在 1990 年前那一年
　　有 150 萬人上街支援中國」

一位藝友看了視頻生氣
說自己是堂堂正正的中國人
視頻侮辱了她的身份

我說：你是香港的永久居民
你入籍多年也就是加拿大國民了
「中華人民共和國」

不承認雙重國籍
不承認你是中國人

不過　世界上還有一個
同樣號稱中國的
「中華民國」「在台灣」
它是承認雙重國籍的

你如果堅持自己是中國人
那就必須承認　你自己是
「中華民國」的國民
沒有第三個中國給你選擇了

2020年1月

「一國兩制」的成敗

清晨　正享受熱水泡浴
老妻輕輕推門：
「蔡英文大勝了！」

有人說澳門的經濟成就
證明「一國兩制」成功

那麼香港的爭取民主
證明「一國兩制」失敗嗎？

原來可以成功　也可以失敗
就看當地居民的質素

如果有機會在台灣實施
一定失敗無疑

以上思維幾秒鐘就完成
浴室的門已被重新關上

我大聲回應：
「等我浸完身
　　和你到會所吃一餐勁的！」

2020年1月11日，台灣大選次日。

白紙板・數目字・黑旗幟

焚書坑儒的風暴突然殺到
偶語棄市的死灰復燃
極權　陰險　殘暴
禁語　禁唱　禁文字

一個女孩　沉默
高舉一塊示威的紙板
白色的紙板沒有圖文
但人人看到自己心中的文句
聽到心中的吶喊

徬徨在迷霧籠罩的午夜
群星墜落
從遠處飄來了合唱聲
是那首六字歌名熟悉的旋律

細聽歌詞
全是廣東音的數目字
聽著每個音符
心中一一代入剛被扼殺的
原有的歌詞

少年向天左右揮動
一面黑色的大旗
沒有圖文的一幅黑布
人人看到飄忽著的八個白色字
飄忽著一串串悲憤的心聲

純形式
不是形式主義
沒有任何內容的形式
蘊藏者最豐富的內容

是與非
一如這白紙板的純白
這黑旗幟的純黑
黑白分明
在全世界正義者的眼淚裡
在歷史的心跳中

2020年7月2日，加拿大。

我的耳鳴

不知何年開始　如何開始
只有我自己聽得到的兩種聲音
不斷在耳邊鳴響

我努力傾聽　極力形容
第一種是尖銳的
像炎夏不停的蟬鳴
第二種是低沉的
像民航機準備起飛的吼聲

兩種聲音都延綿不斷
同時競響

最近發現還有一種
也許潛伏了很久了
在蟬與民航機的背後
若隱若現
卻也是延綿不斷的

恐怖　是人聲
鬧市大街上複雜的人聲
像有人一直嘆氣
一群人在呼喊口號

有人受傷一直呻吟
一群人在唱歌：
「起來，不願做奴隸的人們
中華民族到了　最危險的時候」

我用手指力壓耳孔
聲音仍舊
它們不是客觀的存在
是潛伏我身體內的
晚上我要吃安眠藥
換來兩三個小時的安靜

我上網搜尋了不少資料
相信這是醫不好的
要嗎避開清靜的環境
利用別的聲音例如音樂
分散對耳鳴的注意力

蟬鳴　可以聯想到寒蟬
民航機準備起飛的吼聲
可以聯想到人民低沉的怒吼
而這鬧市人聲
無可聯想　無可象徵
是確確實實的現實

網上也沒有見到
兩三種耳鳴同時進行的病例

（還說耳鳴不是一種病）
不必去求醫　反正醫不好

醫得好也不去醫了
就讓這三隻冤鬼伴隨我一生
一日二十四小時
日日夜夜　全年無休
也好去提醒我
我身體內藏有一個
悲憤的現實

2020年7月1日凌晨，床上。

我城十四行

一位富有的傳媒大亨
「勾結外國勢力」證據確鑿
置生死於度外　就是不走

教宗發言漏去文本中「國安法」
白髮蒼蒼的退休樞機
特意撰文好似為之辯解

學生領袖流亡海外
避免連累家人於是斷絕六親
繼續發揮「境外勢力」

大學教授公民抗命坐牢
許多民主國家的首任領導人
是從牢中出來的　無論歐亞非

你輕視秦皇　你還看今朝
而我蔑視你　我還看明朝

【後記】寫詩六十餘年，數以千計，從未寫過十四行詩。今
　　　　日永強兄傳來近作英文詩〈Be a Friend〉，是十四行
　　　　體，引起我的興趣，速成一首，雖同寫香港近事，
　　　　應不能算酬答。2020年8月5日。

真主

希特勒納粹的魔足
蹂躪了歐洲
只限於歐洲

日本軍國主義的砲火
燃燒了亞洲
最多加個珍珠港

成吉斯汗的鐵蹄
縱橫歐亞兩洲
但非洲到不了

新冠病毒擴散全球
也有無法到達之處
叢林裡與世隔絕的原始部落

細細思量
為人人所奉行的
也不是甚麼「普世價值」

強國一個特區一條新法律
涵蓋了有　及無居港權的
地球上每一個人

「真主偉大

真主統治全人類

真主統治全世界」

2020年8月20日

教鐘不響

1

教宗方濟各出訪南美
在智利街頭遇到示威
抗議他包庇神職人員
性侵過八十名兒童

教宗不響

2

因教宗包庇大規模性侵事
智利全國
全部三十四位主教
集體請辭

教宗不響

3

中國拆去數以千計的教堂
數以萬計的十字架
牆上的〈十誡〉換成政治語錄

主教們被捕　逃亡
廣大教友們陷於無援

教宗不響

4

一位榮休樞機主教
接受國際重要媒體訪問
說：「如果我是漫畫家
會畫教宗屈膝在習主席跟前
把天主賜給教宗的天國鑰匙
拱手相讓
哀求承認其教宗地位」

教宗不響

5

教宗最近演說
把文稿中關心香港的
關於《港區國安法》一段
跳過不講

有退休主教在臉書上質疑：
「難道真的收了中共的錢？」

意大利媒體說：
「中國連教宗的喉嚨都掐住了」

教宗不響

6

教宗不會是聾的
他聽到夾道群眾的歡呼
他能演說也不會是啞的
我在梵帝岡聽過他的訓示

既不聾　又不啞
居然可以一聲不響

百年之後
天主會收回那條天國鑰匙
一聲不響　賜他落地獄

2020年8月

論「三權分立」

香港正熱烈爭論
有沒有「三權分立」

其實　根源在於
是不是「權在於民」

七百萬權分立
十四億權分立

而不是
「　權獨立」

2020年9月7日

匪與奸十四行

兩岸開始通航時
一位台灣老婆婆
回大陸探親

她在鬧市中問路:
「共匪同志
請問中山路在哪裡?」
中山路在《三民主義》中

相信大陸沒有「蔣匪糕」
台灣嘉義就有「共匪餅」
據報道這小食類似油條

廣東人叫油條做「油炸鬼」
「油炸鬼」源自「油炸檜」
每晨早餐時
大口爽脆吃掉奸臣夫婦

2020年,中秋節。

搶灘一役九說

1. 外媒《Asia Pacific Report》說

十月八日
台灣駐斐濟辦事處
在酒店慶祝中華民國國慶酒會
遭兩名中國大使館人員闖入
強行拍攝　不肯離開
還攻擊了一名台方人員
要入院治療

2. 台灣外交部說

兩名大陸大使館人員
先在酒會現場外徘徊張望
短暫離開
折返後開始叫囂
企圖強行闖入拍照蒐證
瞭解有哪些政要出席
我方人員制止
雙方肢體衝突
我方一人傷頭輕微腦震盪
要到醫院驗傷

3. 中國駐斐濟大使館說

媒體報道中國使館人員的說法
純屬顛倒黑白　倒打一耙
台北駐斐濟辦事處在公共場合
公然舉行所謂「雙十國慶」活動
當晚　台方人員對在酒店公共區域
執行公務的中使館人員言語挑釁
和肢體衝突　造成一名外交官
身體受傷　物品受損

4. 中國外交部說

台方報道的所謂台灣「外交官」
被中方毆打完全是賊喊捉賊

5. 台灣國民黨新聞稿說

大陸應自我節制
勿用暴力手段　勿枉勿縱
應懲罰涉案的外交人員
並對台灣相關人員表達歉意

6. 台北市長柯文哲說

我們一大堆人在辦活動
他們只有兩個人來

我一定把他拖進去
媒體問柯何謂「拖進去」
「就處理一下」

7.《環球時報》總編輯胡錫進說

中國外交官都挺文雅的
怎會把台灣人打成腦震盪
估計是台灣隱瞞了一些細節

8. 一名過路人說

我目睹過程
人家開會
不獲准卻強行闖入人家地頭
強行影相
不是口袋罪的「尋釁滋事」
是侵入領土　干涉內政
北方叫「攪局」　南方叫「踩場」
中使館人員　居然晚上
「在酒店公共區域執行公務」
甚麼「公務」？
是「特」殊的公「務」？
「外交官身體受傷　物品受損」
身體哪處？　甚麼物品？
為甚麼說得籠統含糊？
身體是拳頭嗎？
物品是照相機嗎？

9. 我說

經過清洗的人腦
除了特別愛國
也特別敏感

兩人經過會場門口
折返　是見到主席台邊
立了三枝
青面獠牙滿地血旗
生日大蛋糕圖案也是「偽旗」
肯定那正是台灣寶島

主席台上正在演講的女人
矮個　中年　短髮
正是台獨蔡英文

統一大業　立功心切
手上的攝影機變成了衝鋒槍
馬上搶灘登陸
卻遇到台軍的迎抗
結果被斐濟警察帶走

2020年10月22日

冬至沉默

當吵耳欲聾的蝗群驟降
蜂兒嗡嗡　蟋蟀齊鳴
我是一隻沉默的彩蝶
彩色翩翩
是我的心聲

當風狂雨暴電閃雷鳴
野草迎風　林木搖動
我是一座沉默的睡火山
在朦朧中
睡夢中　欲醒

2020年，冬至日。

這低矮的巨樹

這是一棵畸形的巨樹
粗大的樹幹應該是喬木
卻是不足三尺的侏儒

生長在遼闊的大地
卻像人為改造的盤栽
從樹苗時期就已開始

凡有新生的枝條
都被壓制不能橫伸
不能直伸向自由的天空

被迫環繞樹幹　逆時針
像行星們環繞著太陽
環繞著威權的核心

當然不可能生出繁花碩果
樹幹本身也不稀罕
但求地位穩固長治久安

2021年3月6日，加拿大烈治文。

兩封感謝函

1

中國
青天白日之下的台灣

台北地標101大廈的門口
一群人在喊口號
揮舞一面很大的五星紅旗
警察　在旁觀

2

中國
紅色的夜空閃著黃星星

六七個青年人
一同提著一面
青天白日滿地紅旗
拍照留念
不久　他們失了蹤

3

美國　波士頓
唐人街的大牌坊上
懸垂著一面不小的
青天白日滿地紅旗

一位白人婦女在演唱
鄧麗君的《月亮代表我的心》
嗓音甜美　一如鄧麗君

牌坊所在的大街
半空中懸著無數的
小小的五星紅旗

4

我寄出我的新書不久
香港的郵箱
就收到兩封
獲贈新書的感謝函

一封是「國家圖書館」的
寄自台北
另一封也是「國家圖書館」的
寄自北京

2022年4月，加拿大烈治文。

文字獄的判詞

日前，我傳給親友們的「生活相」中，有三十年前寫贈三位文友的三副自撰嵌字聯。現在細細思量，其實都可入罪文字獄。原來我的才華，不但新詩、書法，也適宜當官，文字獄的審查官、檢察官、裁判官。2022年8月8日。

1

韓牧潛竄加拿大不久
見到白樺林
就寫一副對聯寄贈白樺
「白樺思舊友
　黃柳立新鄉」

眾所周知
白樺是大右派
是潛伏黨內軍中的所謂
「詩人」「劇作家」的老反動
他的所謂「名句」：
「你愛祖國，祖國愛你嗎？」
離間了國家與人民的關係
傷害了十四億中國人民的感情
是徹頭徹尾的尋釁滋事

韓牧一離境就連忙「思舊友」
可見與白樺是同一鼻孔出氣
他說「黃柳立新鄉」
叛離祖國投奔外國
數典忘祖
還好意思暗示自己黃皮膚
以異國他鄉為「新鄉」

2

幾乎同時
韓牧又寫了一副對聯
給香港的大學教授「小思」
他所謂的「香港文學史之母」
卻不說「中國香港文學史之母」
有意避開中國
好像香港不屬於中國而屬於英國

「小亦大；學而思」
小　就是指小民
竟然說可以「亦大」
不就是慫恿小民去奪大權嗎！

他又利用了孔老二的話：
「學而不思則罔
思而不學則殆」
卻不說「好好學習，天天向上」

其實現成就有馬列主義
毛澤東思想了
孔老二也說過：
「學而時習之不亦樂乎」
學習就是
還要去「思」甚麼呢？
證明一定有不可告人的陰謀

3

韓牧又寫了一幅對聯
給好友「夢青」
「夢回知晝暖
　草色入簾青」

明顯偷了《陋室銘》的名句
配上自己的「夢回」
走私自己的憤世嫉俗

「夢回」就是夢醒時的回憶
包括了寒蟬的冬夜
他不去憶苦思甜
反而去憶甜思苦
他去「知」　知甚麼？「晝暖」
就是在寒夜回憶白晝的溫暖
就是在香港回歸祖國之後
戀棧港英殖民主義時期的
殘陽的餘溫

4

韓牧這三副對聯
一再證實
他利用文字藝術
意圖顛覆國家的陰謀
正正是搬起石頭打自己的腳的
千古罪人

本席依據《國家安全法》
宣判被告人韓牧
入文字獄　無期徒刑
即時執行
退堂！

這一首歌曲

1

68歲的老翁李解新
2022年4月
在東涌市中心巴士總站
用二胡演奏
《願榮光歸香港》

他又在6月到9月
三次在旺角東站外
演奏這一首歌曲

2022年9月
英女皇國葬期間
英國駐港總領事館門外
萬人吊唁

43歲的彭姓男子
用口琴吹奏這一首樂曲
引來眾口合唱

這些演奏
都遭到警察制止盤問
甚至拘捕票控

文字獄　自古就有
演奏獄
從二十一世紀的香港開始

2

我在加拿大烈治文的
天主堂裡　賣物會中
忽然聽到這一首歌曲
結它樂聲伴奏著男女混聲

我循歌聲走到堂中
唱歌的幾個青年
粵語發音純正
看來全都來自香港

他們的頭頂上
懸空綁了兩個氣球
一藍一黃
他們不只有家鄉情懷
還有國際關懷

3

香港的球隊出征外國
橄欖球隊　冰球隊
在播放國歌時

播出這首《願榮光歸香港》

這一首歌曲
不但在不少香港人心中
還在外國人的心中
才是香港的「國歌」

2023年3月，加拿大烈治文。

沉默的子彈

我是一顆沉默的子彈
隱伏在你的槍膛
隨時準備
最響亮的犧牲

2023年4月2日

陳迹陳迹

日前黃永玉逝世，我因而想到他的摯友，香港攝影家、畫家
陳迹（1918－2004）。迹叔與我亦師亦友，他長我二十歲，
這忘年交長逾半個世紀。2023年6月19日。

五十年代

1957年秋天
我從澳門移居香港
第一次看到的展覽
是「陳迹、顏震東攝影展」
在花園道聖約翰副堂舉行
那時還未建香港大會堂
「街頭巷尾」的風格震撼了我

六十年代

我開始對「行山」有極大興趣
每年起碼有52天在郊外
因為每年有52個星期天
攀山涉水樂此不疲

知道迹叔要組織旅行隊
我馬上加入

成為「業餘旅行隊」的服務行友

香港人「行山」的全盛時期
全港有旅行隊三十多隊
小的數十人　大的數百人
每個星期天都出發　朝發夕歸
有時我也會跟隨其他的旅行隊
探索新穎的路線和景點
但主要還是在「業餘隊」服務

七十年代

迹叔在《新晚報》編輯〈旅行家〉
我每次拍一卷36幅黑白菲林
黃昏入黑回到市區
趕到「百老匯」交待沖印
回家趕寫遊記
星期二晚渡海到迹叔家
交相片交文稿
趕在星期三的〈旅行家〉發表

有一次我在谷埔的一條石澗中
發現一塊異常的石
原來是一片斷了的石碑
我費盡功夫找到了另一半
費盡力氣帶回市區找迹叔

他叫我到紙紮店買幾張紗紙
他用碳筆輕輕拓印
碑文清楚了
是光緒甲午年仲秋立的
《吉慶橋碑》
難怪那裡有一條新的小橋

提起台灣詩人鄭愁予
誰都欣賞他的詩〈錯誤〉的名句：
「我達達的馬蹄是美麗的錯誤
我不是歸入　是個過客」

我因「行山」多了　另有所愛
我最欣賞他寫攀山涉水的詩
常常感到正中我心
這是缺乏攀山經驗的讀者
不會欣賞到的

我生性小心謹慎
攀險峰過險地要具膽量
如「狗牙嶺」「閻王壁」
「一線生機」
以及一些石澗懸瀑
我常得到迹叔的指示提醒
和實際的扶持
其實我正年青
他已是五十多歲的中年人了

我還在攝影和寫遊記方面
得到他切實的指導

這時期我除了攝影和遊記
還創作了不少的「山水詩」
得意之作如〈高原秋夜〉〈白望石澗〉
而〈日落〉〈急水螺〉
〈亭〉〈山行者的謝意〉等
都獲選入重要的詩選中
這要感謝迹叔的帶領了

八十年代

中國最早的攝影畫報《良友》
在香港復刊了
迹叔獲邀提供攝影作品
我也獲邀為攝影作品配詩
記得我曾為迹叔的《香港霧景》
配了〈海市蜃樓〉詩

《香港文學》月刊創刊
我常常投去新詩
也都得到發表
迹叔曾為我的新詩
《香港街景：儒林台。二奶巷》
配以彩墨速寫畫

黃永玉在香港有一次畫展
開幕禮中
迹叔特別把我介紹給黃認識
交談不久
黃永玉立刻取來一冊場刊
簽名送給我

迹叔有一次攝影速寫專題展覽
名為〈漁港滄桑鴨巴甸〉
展題是由黃永玉題字的
我和美玉一起去捧場
現在見到相片才記起來

我曾請他寫一個扇面
寫他最擅長的彩墨畫給我留念
他寫了兩個：
一個寫「東龍長涌角」
一個寫「大澳漁村」
都是我們曾經多次遊歷的地方

我在1987年曾發表一首長詩：
〈地下河：素描老畫家陳迹〉
所謂「地下河」是比喻他低調
詩的開頭說：
「七十歲老畫家是個頑童
頑固又頑皮」

九十年代

我已經移民加拿大了
偶然在三聯書店畫廊
見到迹叔的彩墨速寫畫在展覽
我連忙拍攝
寄到香港給他
又在電視見到他的專訪

我最後一次見到他
是在1998年
我回港作巡迴書法個展
他來香港大會堂參加開幕禮
主動為我拍攝記錄

茶聚中
他很高興的告訴我
香港歷史博物館
收藏了他連續幾十年
拍攝香港的照片

二十一世紀

2003年我到香港找他
當時他已病重遷到荒僻的遠郊
不見人　只通了電話

我有一本新書要送他
只能請他的兒子陳健轉交了
我本來要請他飲茶
讓他大吃他最愛吃的叉燒酥

來生吧

（完）

仙遊

龍頭的隊伍是義和團
衣服一律是刺眼的鮮黃
一律包了頭

刺耳的鑼鼓聲中
「肅靜」「迴避」的木牌
歷史電影見慣的大官出巡

龍頭杖　斧鉞　大戟
關刀　銅槌　長矛
無數的三角黃龍旗高舉著

旗海之後
是現代軍裝女兵隊伍
隱見「仙遊玉輝書院」的標示

入眼是高於人身一幅頭像
四個制服的大媽
戰戰兢兢恭恭敬敬的抬著

抬著
一尊穿西裝的神像
跟著的是望不盡的龍尾

2023年6月，加拿大烈治文。

小學同學

想起幾個小學同班同學，一同畢業，
卻因家貧，沒有升學。其實不只他們幾個，
當年很普遍，他們的前路就比較艱苦了。

譚阿女　何牛

班主任何榮祿先生說
「阿女」「阿牛」都只是乳名
寫在畢業證書上不好看
要為他倆改名

譚阿女　改為譚懿華
何牛　改為何象賢
何先生有學問
改得有古書根據

我們笑何牛
說他由「牛」升級為「象」了

何先生有文才
記得他曾寫過一副對聯
掛在遊藝會舞台兩邊：

「氣壯如虹，鷹揚自勵
　心仁若霈，雁聚成群」

「虹」是我班級的社名
「鷹」「霈」「雁」
　依次是虹社以下班級的社名
「勵群」是我們的學校的校名

蕭振中

畢業分手時
我問瘦弱寡言的蕭振中
不能升學　打算做甚麼
「在家裡車衣」
他說父母也是這職業

我記得他住在議事亭後面
那條又窄又斜又彎曲的小巷

冼廣耀

畢業後一直沒有再見面
十幾年後在香港
在渡海小輪上遇見冼廣耀
他還是一樣胖

他右肩托著一大疊布疋樣板
說是在一家批發商做推銷

蘇月玲

我高中畢業從澳門到香港
考入荃灣一間大紡織廠
當實驗室的練習生

一天在工廠門口
見到蘇月玲
她說就住在工廠對面
山上的木屋

她沒有告訴我生活情況
看著憔悴的她
我也不敢多問

我心裡說
住在山上木屋還會好嗎
天公　　不公　　不公平

劉群好

七十多年來從沒有想起過
七十多年後的今天清晨睡醒
突然冒出一個名字：

劉群好
怎麼　原來還沒有忘記

我六年級　她四年級
身材細小　樣貌好看
人和名字同樣土氣
耳垂穿了一對幼細的金耳環
她面紅紅　說她「忠於」我

那時我們不懂得講「愛」這個字
「忠於」就是「愛」的意思

放學回家馬上找家姐告訴她
家姐在廚房煮飯
正對著熊熊的「風爐」加柴枝
家姐說：「你鍾意她嗎？」

2023年12月22日，冬至日。

多島的城市

百葉窗簾外
微弱的街燈
欲亮而未亮的天空

憑窗下瞰有一群島嶼
一個多島的城市的
立體模型

一轉眼
模型幻化成實體
一切立時明亮起來

每一個島嶼
彎彎曲曲的海岸線
我們曾經綑邊

它們的每一個山頭
或高或低
有我們的青春

綠色的　彩色繽紛的
熱情而喧鬧的
我們的青春

睜大惺忪的睡眼
一堆堆　大大小小的
散佈在我前園的

水泥地上
蒼白　無聲　冷酷的
殘雪

2024年1月，雪後，加拿大烈治文。

香港迎龍二題

特首的開場白

香港龍年年初一晚花車匯演
特首用粵語　普通話　英語
三語發言
香港的粵語日本人稱為「香港語」

開場白的第一句：
「Hi，Kung Hei Fat——」
這粵語的「恭喜發」之後
白癡的也知道是「Choy」

他卻流利的說：
「Kung Hei Fat 柴」
是「燒柴」「拉柴」的「柴」
這「柴」字　粵音與國音同音

「柴」之後
是連續五個「哈哈哈哈哈」
也不知是自我「遮醜」
還是自我欣賞

想來是自我欣賞
因為講稿一定預先讀熟
這五個「哈」講稿中有

我肯定
這一句開場白
一定載入香港史冊
因為只五個字
就說了香港一百多年的歷史

Hi　英國化
Kung Hei Fat 本地化
柴　北方化

球王的心底話

世界首席球王美斯隨隊
到香港作「賀歲波」表演
全港歡騰

從下飛機到上飛機
在香港幾天他總是「黑面」

歡迎會上早退
不參加安排好的參觀
坐足全場
不落場踢一分鐘

頒獎禮上　手插褲袋
繞過一眾高官背後
避握手　不領獎
拍大合照時站到最後排
只露出半個不屑的臉
直到登機離港
不發一言解釋

三天後到了日本
突然變得龍精虎猛
笑容滿面　侃侃而談
生龍活虎
落球場踢足半小時

這驚動全世界球壇的舉動
人人都忖度背後的原因

網上的忖度　眾說紛紜
昨晚我失眠
朦朦朧朧進入夢境：

是一個陰雨的夜裡
美斯兩手插褲袋
找尋自己在小鎮的家
他抬頭
見大門上的木匾：〈美思廬〉
他走進來　嚇我一跳

我請他坐　他不坐
我急忙用英語問他
在香港的表現的原因
他不理睬我
也許他聽不懂我的英語

他打量我一下
竟然說起廣東話來
雖然他的口一直沒動過：

我在香港的做法
在到香港之前已經基本形成
球迷　傳媒
很多猜是因為香港招待不周
不是的　反而是太周到
維多利亞港的中國帆船
大帆上印上我特大的頭像
處處說好我的故事

但這不能作為交換
不能你說好我的故事
我就要說好你的故事
香港不值得

我若落場踢波
就是告訴全世界
我為你站台　背書

為了賺錢
其他的名人也會跟著來
其實你不值得

我不解釋是由於我的性格
我寡言　不客氣說我正派　溫和
我不願開聲得罪人　不給面子
尤其是對你們中國人

我知道我一定失去
許多中國產品的代言
也失去許多中國球迷
但這是難免的
錢　和球迷都不是最重要
讓幾萬球迷當場不快
換來幾百萬人的痛快
我認為值得

許多人說我一直不談政治
沒有這個心　不是的
你們不知道
我對阿根廷政府也公開批評

許多年前　有人告訴我
有一個在監獄中的中國人
病重　詳細告訴我他的背景

原來他也愛看我踢球
是我的粉絲

於是我在一張我的相片上
簽了名　請人轉交給他
我記得他的名字：劉曉波

這次我唯一的遺憾是說了謊
說身體不舒服不能踢波
但到了日本就生猛了
誰都聽得出只是托詞
要不得罪人也只能如此

我也可以說沒有說謊
我確是不舒服
是我的心不舒服

美斯突然不見了
朦朦朧朧我醒了
趁印象未完全褪去
速速記錄

2024年2月11日，龍年年初二，清晨。

第二輯

新鄉

天體運行　一年一循環
於是我記住　每年
當密集的和疏落的燭光環繞著地球
我可以在這海隄上
毫無遮擋
目擊太陽如何墜落

意味著的不只是黑暗
而是黑暗中的燭光
燭光中的曙光

——〈落日的意味〉

毛小姐和列大哥

序

　　2009年12月中，加拿大烈治文市街頭，立起了一座巨型雕塑，名為《Miss Mao Trying to Poise Herself at the Top of Lennin's Head》（毛小姐試圖平衡自己在列寧頭頂），是世界級的溫哥華雕塑雙年展入選作品之一。

　　此雕塑寬如一輛汽車的長度，有兩層樓高。不鏽鋼，銀色光澤。主體是碩大的人頭像，輪廓、神情，一望而知是列寧。其頂，站一個小小的、胖胖的兒童化的全裸女體，頭型、髮型、相貌，逼肖毛澤東，雙手橫托著一枝甚長的平衡杆。

　　作者是出身濟南、現居北京的中國前衛藝術家，Gao Zhen 及 Gao Qiang，53歲及48歲的高「先先」（此字僻，由兩個「先」字合成）、高強兄弟，1985年起從事藝術創作。近年不少雕塑以毛澤東為題材，其中有一座毛澤東跪像，名為《罪咎》。

　　迄今，本地各英文報章熱烈討論，每期刊出幾封讀者來信（其中有中國大陸移民的來信，針對本地白人，大意說：很簡單，如果你在烈治文，問兩、三個華人、特別是來自中國的新移民，就知道毛是好人。他又說：讀不懂中文書，不懂中國歷史，無權評論。云云）；但未見中文報章對此雕塑討論。

　　溫哥華中國總領事館曾去信有關當局，要求撤走。當局以藝術自由與言論自由，不撤。1月8日清晨，發現雕塑遭人破壞，列寧口部被人用紅膠紙纏住，頸項處黑漆畫上骷髏頭

及交叉股骨，又有「NWO」字樣，諒為「New World Order」
之意。所幸損壞輕微，容易修復。次晨我到現場重看時，僅
在曾畫骷髏處尚存紅漆殘痕。

或晴或雨或陰的日子
這不鏽鋼可反光的龐然大物
你說是白色的
我說是黑色的

一個俄裔移民激動的對我說：
父母和幾個兄弟遭蘇聯政府殺害
見到這　　就引起慘痛的記憶

一個華裔移民說：
列寧和毛主席都是偉人
此作對領導大不敬

一個歐裔本地白人說：
列寧和毛澤東都是殺人王
加拿大是和平民主國家
不應立像紀念他們

三個人都認為應把雕塑撤走
儘管理由不同

我不是受傷的鴕鳥
我不是民族主義的奴隸

我不是民主社會的幼稚天真
我有我自己的觀察和思考

在各種天氣　　在不同角度
我仰望　　我環視
無法近觀　　無法俯瞰
我細察

極大的頭顱意味著極權
皺眉下　　列寧兩眼射出凶光
鐵絲刷一般的下巴　　上翹
高傲得
把馬克思踢走

細看他的光頭
原來天靈蓋曾被揭開
像沒有蓋嚴的一個茶壺
似乎可以從四緣的隙縫
窺探他腦中的秘密

毛小姐嬌小玲瓏
比列大哥的耳朵還小一些
雙手橫托著一枝太長的平衡杆
站在這不穩固的天靈蓋上

試圖平衡
在極權與人權之間

在政治與經濟之間
在共產主義與資本主義之間

在大眾面前全身赤裸
一個難以論定的人物
所謂人物　　是人　　或是物

老者　　卻是頭大身小的兒童
眼睛兩個渾圓的深洞
鼻子像橫出的一截紅蘿蔔
童話中的木偶

嘴巴和下巴被剖開只見陰影
男人　　卻是女人的器官
雙乳隆起　　乳頭凸出
美麗如古希臘的石雕

肚臍以下　　像拉鏈給拉開了
剖開了的腹腔
女性性器官一目暸然
如假包換的雌性

雙乳的下半部份挖空
兩個巨大而無珠的眼眶
襯著其下剖開了的腹腔
一隻怪獸張開了大口

我們曾把兒童誤為老者
我們曾把女人誤為男人
最大的荒誕
我們混淆了人和獸

是現代的科學技術
數碼照相機的放大功能
讓我的肉眼透視到這些

是現代的雕塑藝術
要鴕鳥把頭從沙丘拔出
要奴隸知道思考
要在民主社會嬌生慣養的
學習成熟

讓我們
包括來自極權社會身受其害
卻不知何故仍為獨裁辯護的新移民
警惕
必須保衛得來不易的民主自由

2010年1月，加拿大烈治文市。

同胞互辱記

移居到這和諧國家二十二年了
當眾吵架過兩次

十多年前在女皇公園的池塘邊
一個廣東話的中年婦人
縱容她的孫子
不停向加拿大雁投擲石子

今天早上是第二次
與妻晨運後到「華昇」超市

排隊付款時
我前面一個京片子的中年婦人
堅持多要一個大膠袋
收銀員說多給是要錢的

那潑婦破口大罵膠袋太小
哪有買東西膠袋也要錢的
其實她一大疊報紙雜誌都放進去了
其實她多要一個大的回家去用

我輕聲說：
「你的一疊報紙雜誌是免費的」

她大怒：「關你甚麼事！」
「你阻了我們幾個人的時間」

她與我繼續鬥嘴　不分勝負
不知因何（大概是大家都說「我喜歡呀！」）
她出了一句：「我喜歡你的屁！」
「你喜歡？　我放一個給你聞聞」

「老不死！」
「我是老不死　你是不老就死」

「去死呀你！」
「我去死　你守寡」

嘴鬥不過我
她動粗如下：

她還在跟收銀員爭持
我提了我的一袋果菜先走
經過她背後狹窄的通道時
她非但不讓路
還用屁股連續不斷的
撞擊我的下體
我這輩子首次被人「非禮」

「非禮」一事男女不平等
我不可以有任何動作

只可以用聲音「還辱」她
當然是口是心非的了：
「好舒服啊　好舒服啊」

這句話沒有化成聲音出口
我要保持我的人格

中國在二十世紀中葉
突然出現生物學的「返祖現象」
從文明　返回野蠻

今夜　晚禱時我向上主下「最後通牒」：
如果下輩子如同這輩子
出生地不由我選擇
我寧可不出生

硬要我出生　我就殺上主
萬一殺不成　我殺我自己

2011年9月16夜，加拿大烈治文。

突如其來的眼淚

剛才開車回家途中
突如其來　我流了眼淚

是經過一家中學時
一群學生在路邊舉起了牌子

我慢駛　看到標語的內容
學生罷課　支持教師的罷課

我立刻大力按響喇叭
學生們雀躍歡呼

我的眼淚突如其來
喜極而泣　還是悲極而泣呢？

政府　教育局　教師　學生
誰是誰非其實我搞不清

我支持　是支持他們有這權利
那我的眼淚又為何而來呢？

21世紀家天下黨天下的憲法
同樣寫明有這權利的

2012年3月5日，星期一，中午，烈治文。

城樓倒塌，華表橫臥

炎陽照射大地
有一掌透明的反光
眩目　迷惑

竟然是
城樓倒塌
華表橫臥

天安門熔化
成為一小片
長方形的中國紅

這鮮血落在北美洲
一個社區中心的
大門邊

進進出出的洋人
驚異於
這一個景象

他們無知於
「中華」這兩個
包掩煙火的漢字

他們覺得
只不過是新來的中國人
亂拋的垃圾

2013年6月

落日的意味

「太陽下山了」是一句熟語
意味著黑暗來臨
說「太陽下山」
那是在平原上　盆地上
一個低下的觀點

我不滿足這含糊的觀察
我要清清楚楚
目擊太陽如何墜落

以往住近山丘
我登上層巒一直到頂峰
看到太陽如何墜海

如今我住近海邊
向西是煙波浩渺的太平洋
可惜海平線上一個個海島
擋住我視線

那一年　那一個黃昏
我在海隄上獨行　意外
太陽恰恰降落到兩個海島之間

然後墜落海平線下
那天　是六月四日

天體運行　一年一循環
於是我記住　每年
當密集的和疏落的燭光環繞著地球
我可以在這海隄上
毫無遮擋
目擊太陽如何墜落

意味著的不只是黑暗
而是黑暗中的燭光
燭光中的曙光

2014年6月4日，加拿大烈治文。

會議廳・鳥巢

市政府會議廳的建築扁圓
仿似象徵平等的圓桌
座落在繁旺的市中心
貼住一個小樹林

好多棵高大的老樹並立
品種各異　都是落葉樹
體現時序的更替

初春　葉芽萌發出希望
仲夏開始　賜我濃綠的陰涼
國殤日前後的秋雨中
轉變為杏子黃　櫻桃紅和葡萄紫的暖色
風雪來了　一葉不存
枝椏向我裸露生命的歷程

二十多年來每天都經過
其中一棵　至今未知其名
不是楓　不是橡　不是楸　不是樺
葉子最小　枝幹最雄偉

仰望樹頂處有一個鳥巢
小小的鳥兒屬於大樹屬於天空

隨意鳥瞰這政府會議廳
隨時安坐巢中　監察著
掌握城市決策人權的幾個人

大洋彼岸無數的城市
生而為鳥　生而有翼
只屬於地下　飛不起來
像進化不成功的小翼龍

無可下瞰　只能上訪
然後被監視於自己的鳥巢
被關進不透光的鳥籠

扁圓的會議廳
其實也像個龐大的鳥巢　所以
理應是所有鳥巢真實的代表

2014年夏，加拿大烈治文市。

市選的聯想

今天是選市長市議員的投票日
清晨　到附近那一間學校去
許多年了　市選　省選　聯邦大選
都是在這個投票站

投票後在大門口為妻拍照留念
冷風中　特意露臉十多分鐘
好讓進出的各族裔誤會
華裔是熱心投票的好公民

一人一票不是民主選舉的全部
我們除了有選舉權也都有參選權
想起大洋彼岸我家鄉那城市
無數青年正為此留守街頭一個半月了

民主和人權誰都應該擁有
那是天賦的　與生俱來
專制國家的「公民」都沒有
只因被既得權力者奪走

其實　我們的投票權也得來不易
想起四天前國殤日紀念會上

一個青年在紀念碑前朗誦我的詩
每年十一月十一日中午都如是

「第二次世界大戰時期
　華裔青年踴躍志願參軍
　由於他們的英勇和犧牲
　使到華裔獲得了公民權」

印在場刊上的英譯本
「公民權」翻譯為「投票權」
可知「投票權」是公民最重要的內容
我家鄉的青年正誓死力爭

華裔先僑的戰場在西歐南亞
面對的敵人是不義的侵略者
是無理性的槍彈和砲火
直接的痛快的肉體的傷亡

中華民族是最擅長內鬥的民族
五千年歷史除了明刀明槍
更擅長自圓其說　陰謀狡詐
殺人不見血　吃人不吐骨

戰場在市內　對手是同胞
面對的不僅是胡椒噴霧催淚彈
是經驗老到的抹黑和插贓
使人們生不如死的心理恐怖

這年頭甚麼食物都有假的
普世價值的民主和人權也A貨
強國式民主　強國式人權
冒牌的太陽原來是個癡肥的老人

不論何時何地的革命或者運動
青年和學生總會是先鋒
失敗的「黃花崗」　成功的「武昌」
成功的「五四」　失敗的「六四」

烈士　總是指犧牲了生命的人
現在這定義應該修正了
精神折磨比肉體滅亡更慘烈
倖存的生命　同樣是英烈

可以斷言　將來市中心有一個紀念碑
或許有兩個銅像分立左右
一個是民主女神　一個是香港青年
接受後人每年的紀念

2014年11月15日，加拿大溫哥華。

踐踏自由，揮舞法治

第三路夾西敏公路處
市中心最繁旺的十字路口
黃昏　一個華裔中年人　照常的
向路人展示一面五星紅旗
然後丟在地上肆意踐踏

一對中國新移民夫婦駕車經過
立刻下車毆人　搶奪
搶走了五星紅旗開車離去
原來五星已遭塗污　寫上「中國國殤」
「沒有共產黨　才有新中國」

警察旋即在商場逮捕了韓氏夫婦
控以襲擊及盜竊五千元以下財物罪
後因未依時到法庭　下令通緝

吳氏六年前從湖南移來
訴說祖父被劃為地主慘遭批鬥
父親被劃為右派流放內蒙勞改二十年
他只承認中華民國的
青天白日滿地紅為中國國旗

有專欄作家撰文評論
題為〈當無聊人碰到無聊事〉
我認為並非無聊　還值得「聊」

烈治文是華裔最集中的城市
踐踏國旗者選擇行人最多的地點
他向佔一半的同胞發洩不平
還向另一半人提供信息
而保護國旗者
向同胞和異族顯示其愛國感情
顧不上觸犯法律

我認為更重要的　是從中見到
加拿大崇尚自由和堅守法治
看來誰都有踐踏國旗的自由
不致被拘捕

記得幾年前加拿大國慶日
我在溫哥華會展中心的慶祝會上
見到一些土著把標語寫在地上
大聲喊口號:「加拿大是偷來的地方!」
當眾把加拿大國旗撕爛

去冬在台北　地標101高廈大門口
也是遊人最多的地點
有人揮舞一面很大的對岸的國旗
揚聲器播放著對岸的國歌

也許每天　至少每個假日如此
只有一個警察站在一旁若無其事
那也是自由和法治的地域

假設　相似的
地域是北京天安門廣場
有人揮舞一面很大的對岸的國旗
揚聲器播放著對岸的國歌呢？

這個假設　是偽命題
因為理論上不可能發生
不可能發生
是因為我們無從得知

2014年11月19日，加拿大烈治文市。

初嘗湘菜

顏色　差不多
香氣　差不多
味道　差不多

每一道菜的烹調都一樣
雖然實際上不可能如此
但我的感覺就只有：辣

辣　奪去所有食材的原味
正如毒辣的邪教
奪去人們天賦的本性

被火燒壞了的舌頭們
麻木　失去辨味的功能
早已忘記食材的原味了

背後牆上原來有一幅神像
敦厚的五官　在暗笑

2015年7月，烈治文。

答客問：為甚麼還要寫詩？

記得在香港時
一位美國女詩人佩服我：
「在最紛擾最無詩意的地方
　也能寫得出詩」

今天在加拿大　他問：
「為甚麼我們還要寫詩？」
她也奇怪我們：
「在藍天白雲　安靜的環境
　也能寫得出詩」

心平如鏡是很難有詩的
國家不幸詩家幸
我們的國家有兩個
眼前的所在國
遠方的祖籍國

打開電視是歌舞昇平
打開電腦是醜惡現實
環境安靜
心境不安靜

祖籍國給我們最多的寫作題材
所在國給我們最大的寫作自由
這就是為甚麼還要寫詩
以及不但能寫而又多產的原因

【後記】2015年7月16日，漂木藝術家協會主辦詩歌座談會，
　　　　請文學評論家、詩人徐敬亞、王小妮伉儷主講，在
　　　　烈治文田師傅湘菜館舉行。

新型殖民地

外國遊客走在大街上
誤以為走在中國的城市

商店招牌許多都是漢字
這一家賣床褥的
每個漢字比 King Size 床褥還要大

細聽路人的對話
是中國的國語
和各省市縣鄉的方言

據說這城市人口比例
中國人佔百份之五十了

加拿大國慶遊行
各族裔組隊參加
日本　美國　德國　印尼　菲律賓
領頭的都是兩面國旗
同樣大小　並排前進

而中國某省或某市同鄉會的
就只是一面特大的中國國旗
強壯的旗手不停的左右揮舞

車流最旺的大街
一座特具氣派的新建築盤據
是中國某個富貴城市同鄉會會所
正門之上　三枝旗幟飄揚

中國國旗斜向左
加國國旗斜向右
拱衛著
中央矗立的同鄉會會旗

翻開加拿大的建國史
可知它原是戰敗的一方
也許是延續了謙讓的心態
促使它成為地球上
第一個實行多元文化的國家
如今　淪陷為強國的殖民地

2015年7月，加拿大，烈治文。

太陽變臉

在晴朗的清晨人們驚見
無雲的天空不是蔚藍
是詭異的黃昏

時間　空間　神經錯亂
　一個久存心中的景象浮現
世界末日來臨

壓倒西風　東風翩然而至
太陽浮在漂流的霧霾間
幻化成明媚的月亮

變黃　變紅　變橙　變白　變紫
可堪直視　連續的變臉
都是當年的紅太陽

燒焦的氣味似無還有
十年烽煙　死灰復燃
沉澱的記憶一一翻起

縱然幻化成白玉盤　青銅鏡
甚至一泓碧綠的小圓湖
都是一陣重來的妖霧

【後記】最近兩天，因山林大火，天色異常。從日出到日
　　　　落，太陽雖不時變色，但都呆滯無力，可堪直視，
　　　　瞞不過人們的眼睛。2015年7月7日。

兩個傑出的加拿大人

1

在二十年代
出生於卑詩省維多利亞的
英俊勇敢的鄭天華
二戰時爭取參軍
戰後進卑詩大學修文學和法律
成為詩人和律師

大選中他擊敗當時的國防部長
成為第一個華裔國會議員
獲派出使聯合國
任加拿大代表團團長
這是華裔同胞的光榮

當他坐進自己的座位
會務員見到這黃面孔
匆匆走過來攔阻
指著「Canada」的名牌說：
「這是留給加拿大代表的
　你不能坐」

入了外籍
他們還是當你中國人

2

在九十年代
出生於中國湖南省的
美貌正義的林耶凡
十三歲時移民加拿大
在多倫多大學修戲劇和國際關係
學生時代已拍攝多部電影

在世界小姐加拿大賽區
她擊敗了五十多位加拿大佳麗
當選加拿大世界小姐冠軍
獲派往中國三亞市參加總決賽
這是華裔同胞的光榮

當她到達香港機場
要轉機去三亞
卻遭到中國官員攔阻：
「你不可以入境！」理由呢？
答曰：「No Reason！」沒理由！

入了外籍
（雖然中國不承認雙重國籍）
他們還是當你中國人

2015年11月27日，加拿大、烈治文。

白色的霧霾

1

炎夏的蟬　進入了寒秋
全都瘖啞

冬雪　冷
冷醒了勇敢的蟬
拚死的鳴叫

2

蒙面的恐怖份子　在鬧市
以炸彈　以機槍
把自己連同無辜的人們
獻給真神

蒙面的恐怖份子　在沙漠
一刀
斬去承載思想的腦袋
還沒有取走那人的心

3

沒有蒙面的
恐怖份子在不可知的暗處
一下子帶走人的全身
沒有斬去腦袋
腦袋仍然連著心
心連著口

開合自然的口
說著不自然的話
從不自願
到分不清是不是自願
到自願
違心話變成了真心話
心的被改造　已經完成

4

也許你不相信
你的祖先是亞當夏娃
而是猿人　人猿　類人猿
但你同樣有著與生俱來的原罪
源自父母和出生地

除非你告別地球
移民到外太空
這原罪永遠緊跟著你

那些由於冬雪昇華而成
到處瀰漫的
白色的霧霾

2016年1月，加拿大。

軍帽上的紅星

遠處的餐桌上
一個男子低頭吃喝
他戴了一頂灰綠的軍帽
帽沿一顆五角紅星

帽簷掩不住
他黃黑蒼老的顏面
像個老人
應該只是中年

滿面深刻的皺紋
那一個苦難的十年
典型的留痕

到了加拿大
還在炫耀閃閃的紅星？

他抬起頭了
不是五角紅星
是一片有柄的楓葉

2016年4月，烈治文。

中國式甜豆

客人吃剩的菜
倒進簍子瀝出油來
回收再用

客人吃剩的辣椒
回收再用

客人吃剩的白飯
回收再用

是一個有良心的
幫廚　或者服務生
偷拍了　還偷拍了
指引回收的需知和地圖

不是在亞洲大陸
是亞洲大陸的風
吹到美洲大陸的加拿大

不再光顧這家湘菜館就是了
到超市買菜回家做飯吧
中國甜豆比本地的便宜一半

清炒　一嚐
苦的

2016年6月，烈治文。

2016年加拿大的「政治正確」

1

暢銷雜誌《Maclean's》
有文章說加國校園
開始為亞裔學生佔據
有亞裔化傾向

結果引致亞裔不滿
文章被迫刪改

2

哈里法斯一家小學
一個敘利亞難民學生
欺凌一個女生
同時威脅在場的男生
他高喊口號：
「穆斯林統治世界！」

當地報章報導其事
旋即被迫更正淡化
因為違背「政治正確」
家長也被勸諭勿談此事

3

多倫多約克區教育委員
Nancy Elgie 出席會議後
與另一位教委私人談話
提及有兒童
被人用種族歧視字眼稱呼
她解釋時轉述那些字眼
被人聽到　提出投訴

她在YouTube上公開道歉
說自己曾受腦震盪
出現混淆字眼的徵狀

她任職教委 17 年
被迫辭職

4

烈治文市出現所謂
「霸凌華人傳單」
華人組織了上街示威聲討
「抗議仇視華裔少數族裔的卑劣行徑」
他們搬出華工修太平洋鐵路
華裔青年參軍說明華裔貢獻

其實先僑和財大氣粗的新移民
地位怎能相比　怎能同日而語
華裔在烈治文已佔人口一半
早已不是「少數族裔」了

傳單所說華裔移民的壞影響
如炒高房價之類事實
他們完全不去反省
有「政治正確」為擋箭牌
為後盾　一句「歧視」
就永立不敗之地了

5

作者要讀者
傳媒要廣告
議員要選票
群眾　是地球上最恐怖的

用一套媚眾
而近乎偽善的道德標準
凌駕於法律與言論自由之上

2017年1月，烈治文。

餅乾與火箭

為了要看不經「自我審查」的
晚間電視新聞
每天下午五時許就吃晚飯了

臨睡前肚子餓
我習慣喝一杯豆漿
加幾茶匙的香港杏仁霜
新加坡巧克力粉
台灣黑芝麻粉
還要吃幾塊餅乾

餅乾的種類可多了
英國 Jacob Crackers
韓國「鄉愁」牌甜薄脆
香港「嘉頓」夾心威化
馬來西亞「康元」提子餅乾
加拿大越莓杏仁 Cookies
菲律賓特脆鹹餅乾
印度方粒形甜餅乾
台灣「莊家」沙其馬
瑞典「Ikea」薑餅
蘇格蘭「Walkers」燕麥餅
俄羅斯巧克力 Cookies

意大利的小塊餅乾
德國的袋裝雜餅
還有葡萄牙的西班牙的……

就是沒有那兩個
數一數二經濟強國的

中國餅乾質量差
難得見到　沒有買過

美國餅乾呢？　奇怪
八十年來從未見過

（嚴格說不但見過也吃過
　抗戰時期我們沒條件吃麵包
　吃的是美國的「狗餅」
　專門給狗吃的硬餅乾）

強國把精力
都用在火箭競賽上嗎？

2018年10月

一位國會議員說

電視新聞報導
加拿大一位國會議員
在國會上發言：

我國有數以十計的大學
接受中國資助
研究許多科技項目
研究成果數以百計
都被中國申請專利去了

一隻初生的小白兔
一隻幾千歲的老狐狸

2018年10月

鬼上身

加拿大應美國要求
在溫哥華機場拘捕了孟晚舟
準備引渡到美國受審
加中兩國交惡了

加拿大駐華人使 John McCallum
在華文傳媒記者會上
列舉了三個論據
說可使孟晚舟免於被引渡

麥家廉有如華為的律師
為反對引渡出謀獻策
有悖加拿大政府的司法獨立
朝野一致抨擊

我不論他的話是否正確
站到對方的立場也就算了
錯在身為政府代表
以政治干預司法

有人說他早已被中國收買
有人說他的夫人是華裔
三個兒媳　也全是華裔
家中就有幾個間諜

以上猜想我不敢苟同
雖然統戰厲害過實戰
兩天後他後悔說錯了話
說他的話不能代表他的立場

其實他的話清澈如瓶裝水
我若問他「那你的話又代表甚麼？」
我想他一定啞口無言
我很懷疑他體內有中國基因

在華文傳媒記者會上講中國事
而且有中央台新華社記者在場
讓他以為自己是中國人身在中國
是中國基因作祟

那正是中國民間說的「鬼使神差」
廣東話的「被鬼迷」以至「鬼上身」
正如他自己說的
他的話不能代表他的立場

耶穌說：

「父啊！赦免他們，

　他們自己在做甚麼，

　他們不知道。」

【註】路加福音 23章34節

2019.1.24烈治文

帶來的民族主義

南本拿比國會議員補選
第一代大陸移民王小寶
代表自由黨出賽

她在社交媒體微信上
呼籲「父老鄉親兄弟姐妹」
說「勝選機會百年難遇
華人選票超過 2 萬　佔 40% ⋯⋯
完全可以左右選情
成為歷史成就者！」

說自己是「唯一華裔參選人
終極對決對象為
NDP 對手印裔辛格！」

她完全不提自己的政綱
只突出對手是印度裔
暗示華裔要選華裔
被認為是種族歧視
被逼退選

還有一些人
在黨內提名競選中

把「族裔牌」的精神發揚
當對手同樣是華裔時
香港人台灣人就不要選
大陸人一定要選大陸人
好像在選族長

王小寶應該並無
「種族歧視」的本意
但她沒有清楚加拿大的價值觀
她口口聲聲「父老鄉親」
「華裔」「印裔」
又以人多自豪

怨誰呢？
毀了她政治前途的
是她自己帶來的「民族主義」

2019年1月，烈治文。

滿身沙塵的野蠻人

中國駐加拿大大使盧沙野
向加拿大發出兩道禁令：

不許不與「華為」做生意
不許向外國尋求支持

他的確是中國的官
不愧為中國政府的代表

卻以為自己身在中國
面對的是中國的順民

沙野
沙漠的野蠻人

沙野
滿身沙塵的野蠻人

【註】「沙塵」，在粵語，意為輕佻囂張。

2019年1月19日，凌晨，烈治文。

厲鬼纏身

麥家廉在多倫多記者會上
意外的表演鬼上身之後
立刻被總理警告
不許再講「華為」

三天後在溫哥華
他繼續講「華為」
總理這次不是警告
而是即時革職

他不是不知道
總理有權炒他魷魚
他不是不喜歡
當駐華大使

可見他身不由己口不從心
不是收了利益洗了腦
不是有痛腳握在黑手裡
就是厲鬼纏身

2019.1.26. 烈治文。

文友爭鳴

爭渡晚舟

文友約二十人茶樓歡聚
熱門話題引渡孟晚舟
他　激烈支持中國立場
（記起他曾主張武力攻台）

她　他　他　三個人
支持加拿大立場
砲火猛烈　向他圍攻

宋朝李清照有詞〈如夢令〉：
　　常記溪亭日暮
　　沉醉不知歸路
　　興盡晚回舟
　　誤入藕花深處
　　爭渡　爭渡
　　驚起一灘鷗鷺

出版文藝書

他說他最近有兩本書
深圳的印刷廠拒印
不敢冒被關門風險

其實書中只有一句
提到前領導人

（一友插話
他書中「一代領袖蔣介石」
被改成「一代梟雄蔣介石」）

他只好拿回香港印了
一友說　不久將來
香港也可能拒印
大家笑說：
那只好拿回加拿大印了

我說
如果加拿大也拒印呢？
也不是不可能的
就看印刷廠的老闆
是不是華裔

小紅花

不知誰先提起
加拿大國殤日的小紅花
她說　她丈夫第一年到加
拒絕佩戴

理由與許多大陸移民一樣
朝鮮戰爭
加拿大是中國的敵國
要紀念殺志願軍的敵軍嗎？

一友說這是對和平的願望
對戰死的軍人的紀念
你可以作為紀念志願軍
一友說　這大事是國際性的

我說國殤日各國不盡相同
我們襟上的小紅花
不是紀念日本軍國主義
德國法西斯的死者
只紀念加拿大自一戰起
迄今歷次戰爭中的先烈

我說我記起　十年前
加拿大華裔老兵協會
請我寫一首朗誦詩

每年的國殤日紀念會
全加拿大數以千計的市鎮
以及海外和平部隊的軍營
傳統有詩朗誦的環節
一向只是英文詩法文詩

我們自豪　十年前起
每年十一月十一日
總有小學生　中學生　大學生
朗誦這唯一的中文詩

立場與身份矛盾

茶聚中途我要方便
與他有緣相遇
在酒樓的廁所

他說：
剛才人人盡情吐露
立場全都暴露出來了

我說：
儘管我們的身份
都是加拿大人
但從中可以清楚
有一些文友的立場
與其身份矛盾

鳥語與蛇語

茶聚用語是中國國語
超過一半人來自廣東和香港
母語是廣東話

一友說了一個有趣的視頻
北方人認為　廣東話是鳥語
一廣東人不服
應要求用廣東話說了一句：
「各國有各國的國歌」
真像母雞叫小雞　哄堂大笑

一友認為如果用國語唸
「各國有各國的國歌」
好像鵝叫　也是鳥語

國語只有四聲　同音字多
名句「西施死時四十四」
以至洛夫名詩《石室之死亡》
像甚麼？
她說像蛇語

「敏感詞」

都是加拿大華裔寫作人
但發表不限於加拿大
都關心到所謂的「敏感詞」

一友說
他的簡歷也被刪
「1989 年冬移居加拿大」
只好改成「80 年代末」了

一友說
「五四」「政府」「毛主席」
「示威」「激情」「自焚」
「人形」「中特」「美少」
「吃人」「唐人」「溜冰」「處女」……

一友說
細細思量它們為甚麼成為「敏感詞」
是很有趣味的

一友說
將來我們的詩文
都有專家來作註解
我們榮幸

不舉的是龜蛋

她　石破天驚：
「如果加拿大和中國開戰
　你們幫誰？」

我第一個搶答：
「我幫正義的一邊」

他說：「正義不正義很難分」
我說：「難分也要分」

加中開戰機會微乎其微
她這一問得不到答案
但球類比賽常常有
也不涉及政治

我不說冰球
那是加國國粹一定勝
我不說乒乓
那是中國國粹一定勝

籃球　勢均力敵
也就除去鋤強扶弱的因素
如果加國與中國爭奪冠軍
你希望誰勝呢？

希望加國隊勝的請舉手
希望中國隊勝的請舉手
每人限舉一次
不舉的是龜蛋

2019年2月2日

國際冷線電話

加拿大外長方慧蘭
打電話給中國外長王毅
王毅不接

加拿大總理杜魯多
打電話給中國總理李克強
李克強不接

一文友問：
如果　加拿大的元首
英女皇伊利莎白二世
親自打電話呢？

2019年6月

少狼先鋒隊

1. 一封信

烈治文中學一個 13 歲
8 年級學生　來自台灣
因為公開支持香港「反送中」
儲物櫃被貼上威嚇信
署名「一位中國人」

「要不是共產黨
　　你們的某些祖祖輩輩的命
　　也不一定活著到香港……」

「換成西方人早把你們射穿
　　滅族了　還有臉反共？……」

「你們所謂民主就是一坨屎
　　你們香港人就是兩個字：
　　賤和慫……」

「你們不這樣做
　　中央還沒機會收拾你們
　　主席肯定不放過這次機會的」

「扯淡之前想好因果
　　把嘴巴放乾淨點……」

2. 一段錄影

11 月 25 日烈治文中學校內
一個 10 年級學生在走廊用餐
被十多名打扮時髦的
11 及 12 年級大陸學生
圍住　拳打腳踢　眼鏡也飛脫了

被毆學生三年前從香港來
深受加拿大價值觀影響
老師在社會課上
也鼓勵大家討論時事
他在課堂發言
熱烈支持香港抗爭者
於是早在社交媒體上
被大陸同學威脅

3. 人變成羊　或者悵

少狼先鋒隊的文嚇武打
大獲全勝
支持民主抗爭者從此閉口

少狼就是模仿老狼
文嚇武打　統一言論
攻入西方　攻入全世界

要把人改變成羊
甚至改變成悵

其實少狼們出生不久
就都被改造成了悵
可憐　牠們自己不知道

2019年12月，烈治文。

我的朋友某某某

——記言論自由、集會自由近事

1

我的朋友某某某
給我的電郵很奇怪
像個牙齒零落的可憐的老人

許多個兩字名詞之間
總要空出一格：

敏感　政治　香港　大陸　台灣
五毛　網警　封號　封群……

說是這樣　或者故意打錯字
才可以避過機器人的檢查

2

我的朋友某某某
不但沒有患上甚麼
斯德哥爾摩症候群
還很有正義感
他愛在微信上評論
極權政府　維權國家

不久前遭掌嘴封口
微信號被封殺

3

我的朋友某某某
同樣沒有患上甚麼
斯德哥爾摩症候群
最近要發一電郵
大罵中共
電郵被檢查扣押
不能發出

4

我的朋友某某某
同樣沒有患上甚麼
斯德哥爾摩症候群
名校出身　筆比魯迅
詩　文　小說件件皆能

最近突然收火
聽人說
她有母親和弟弟在大陸

5

我的朋友某某某
官至我省的省議會副議長
最近向《Global News》透露
他因為支持民主
每逢「六　四」
大都參加燭光紀念會
卻屢次被領事警告
又指示華社社團排擠他

他與妻子要到上海旅遊
入境時遭拘留八小時
要求與加拿大領事通話不准
公務手機交出　供出密碼

最後被即時遣返溫哥華
要求轉機香港也不准
指控是會「危害國家安全」

6

「我的朋友」不是「胡適之」
她　他　她　她　他
都是交往二十多年的好朋友
都是華裔加拿大國民
都是身居加國

天賦的言論自由與集會自由
卻遭受到外國的干涉　干擾
警告和懲罰

本國政府無力保護
只好怪加拿大不是「強國」
「弱國無外交」的確是真理
面對厲害了的「強國」
國民受凌辱
國家受侵略

7

有詩為證：
「秀才遇著兵
　有理說不清」

有聯為證：
「文明鬥不過野蠻
　純真怎能比奸猾？」

2019年，12月10日，國際人權日。

起來，甘願做奴隸的人們

投票率最低的
總是華人比例最高的選區

居住在「烈治文中」選區的我
與有「恥」焉

土生土長於極權國家者
無知於真民主

記得許多年前
在家作入籍考試的準備
讀到權利與義務
強調做公民一定要投票
聯想到公民被剝奪投票權
我心跳加速
眼眶突然流出熱淚

長期被困的籠中鳥
一旦打開籠
也不會飛走

甘願做奴隸的人們
一旦解脫身上的鎖鏈
會感到不舒服　不自然

2019年10月27日凌晨2時睡醒，加拿大「烈治文中」選區。

作家的立場

轟動全球的香港「反送中」運動
至今延續了半年了　奇怪
一位著名的　高調的
深受大眾歡迎的專欄作家
文章天天見報
對「反送中」運動　絕口不提

這位作家多年以來
樂於　也善於與同行筆戰
戰無不勝　就因為他
總是站在大多數人的一邊
縱然群眾的認知愚昧錯誤

這次「反」「正」雙方
也就是「黃絲」與「藍絲」之比
是相若的　六比四

若站到「反」方
有四成人放棄他
若站到「正」方
有六成人放棄他
只好隱藏自己的立場了

也許他從來沒有自己的立場
他總是跟從群眾

他是否有考慮過
面對罪行沉默的
也是犯罪
面對大是大非不發一言
「反」「正」雙方會同時放棄他

2020年1月。

中國武漢肺炎病毒

「世衛」的公信力

一些世界性組織
早已失去了公正性
因而失去了公信力
例如聯合國　紅十字會
乃因政治干擾　利益輸送
尤其在富國與貧國之間

世界衛生組織高度讚揚
中國最高領導抗疫的英明
「世衛」遲遲不發全球警告
直到美國撤僑就急忙跟上

所謂「歧視」

意大利佛羅倫斯街頭
一個中國男子蒙眼戴口罩
身旁立一個牌子
意大利文　中文　英文：
「我不是病毒
　我是人類
　不要對我有歧視」

一些路人上前擁抱他
還解除他的口罩
貼面擁抱
以示不歧視中國人
如果那人帶病毒呢？

是偷換論題的表演
卻讓愚昧的「政治正確」接受
你當然不是病毒
你當然是人類
但你是最大可能帶病毒的人類

避開病毒
避開病毒的源頭
就算是歧視嗎？

歧視　只是歧視病毒
歧視帶毒者身上的病毒
封城　是歧視那些城市嗎？

視頻上一些大陸同胞
不戴口罩　大聲說：
「有黨的關懷　不怕！」

「中國病毒」？

卑詩省英文《省報》頭條：
「卑詩省出現第二例中國病毒」
「中國病毒」？
引致不少華人表示不滿
議員不滿相信有選票的考慮

本地白人許多對中國無知
但「中國製造」是全球最大的品牌
他們知道「中國」
還知道這病毒可能也是「中國製造」
起碼發源自中國　為害全球

用「武漢肺炎」讀者不明白
用「中國病毒」就誰都明白了
這一回
《省報》「政治」不「正確」了

2020年2月。

叢林法則

相對於厲害了的盛世強國
加拿大　當然是弱國了

叢林法則培養出的勇武
作恐嚇性警告：
「加拿大如果收容香港示威者
　　將危害到三十萬居港加人的安全」

當被記者問及
是否在發出威脅時
他說「那是你的解讀」
那麼　你自己的解讀又如何呢？

他還說這是干涉中國內政
其實訂定難民政策
當然是加拿大的內政
他才是干涉內政

他們的外交應對
查實只有兩度板斧：
對別人的指摘一律否認
然後說別人干涉內政
（還有　反他就是「反華」）

就這兩度板斧
懦弱的自由黨政府無法應付
像隻只會哀叫的病貓
面對兇殘的野狼
壯起膽來
也只敢叫聲「人質外交」
「戰狼外交」「脅迫外交」
好看不中用的銀樣蠟槍頭

還是最人的在野反對黨
進步保守黨的黨領奧圖有骨氣：

「與中國比　經濟上我國較小
但對自由　人權　法治的承諾
高聳於叢培武的行為之上

這是對本國公民的威脅
立即撤回好戰言論
公開道歉　否則
要立即收回其外交證書
驅逐出境」

奧圖　奧圖
奧妙的宏圖

2020.10.16.

「加衛」對「新冠」

1. 製造陰謀論

加拿大衛生部長 Patty Hajdu
今年春天說：
「沒有跡象表明
　　中國在病毒傳染率　死亡率
　　作虛假表述」

記者問：
「世衛」使用的是中國提供的數據
　　可靠性如何？
她答：「提出這種問題的記者
　　　　　是幫助製造陰謀論」

2. 奴性與無知

加拿大首席衛生官譚詠詩
香港出生　英國受教育
是「世衛」成員

大開中門　不檢測　不隔離
讓加拿大淪為
外國人進入美國的跳板
她說只有病人才需要戴口罩

她生於香港　竟然
不知道香港　不知道亞洲
早已人人自覺戴口罩了

3. 烈治文特殊

加東地區疫情嚴重
加西還好
人溫哥華各個城巿
照比例　每十萬人
中招者二百人到五百人

烈治文特殊
每十萬人　七十人而已
烈治文特殊
華裔人口佔一半以上
早有警惕

4. 無能與護短

加拿大疫情失控了
譚詠詩匆忙說：
「性交時要戴口罩」

防疫指引模稜兩可
最近她自己也戴口罩了
因為她是「病人」了？

她的無能導致死人
朝野都有聲音要她下台
批評她對腐敗的「世衛」唯命是從
有議員質問她
是為加拿大還是為中國工作

她答她每天工作超過二十小時
總理杜魯多說
批評者是種族主義言論

5. 自由與民主

一千多人聚集
在溫哥華美術館前廣場
作反對戴口罩示威
其中不少外省遠道而來的

他們有的說口罩無用
有的說所謂疫情是個騙局
其實　　是因為抗疫措施
侵犯了他們的個人自由
若為自由故　　兩者皆可拋
兩者　　自己的命和別人的命

當時　　正好有一群戴口罩的人
同時同地示威
他們以為是來「踩場」的

發生爭執　衝突
其實是一群居民
在支持香港的民主運動

6. 覺今是而昨非

秋天是成熟的季節
衛生部長 Patty Hajdu
電視上推翻了春天的話：

「中國需要檢討……
　世衛可能有缺點……
　如果中國早期曾用疫情誤導世界
　應對此負責任」

2020.10.26.

回應郭文緯所謂：
「沒有国家，你什么都沒有」

國家，不等於政府；
政府，不等於政黨；
政黨，不等於黨主席。

黨主席，不等於政黨；
政黨，不等於政府；
政府，不等於國家。

詩後加題外一句：
國家，不等於世界。

2020年。

前園之夏紀實

最後一瓣

黃玫瑰已經全部凋謝
地上落瓣片片
最後一朵的花心上
一直殘留著
抵抗風雨不肯離開的一瓣

數不清有多少蜂蝶飛過
都沒有停下
唯 的這小蛺蝶
伏在這最後一瓣上
捨不得離開

還有花蜜嗎？
還有餘香嗎？
還是在悼念堅強的老朋友呢？

封住的洞口

我驚覺
外牆上水龍頭邊有一個小洞
有蜜蜂進進出出

第二天早晨
趁牠們外出採蜜
我用膠紙封住洞口

第三天
膠紙已被咬穿
牠們照常進出
我改用幾重膠布封死

許多天了
經常有幾隻蜜蜂在洞口徘徊
要回家

白蝶黑影

一隻白蝶
在我前園不停翩翩
帶著牠翩翩的黑影

飛在花叢上
飛在草坪上
始終帶著牠破碎的黑影

籬笆外

多少年來
這一叢萱草花

一到初夏就一定盛開
花枝競放

今年我等足一個夏季了
只等到孤單的一枝
而長條的葉
卻不顧一切地生長

失望之後　竟然是希望
籬笆外邊
出現了堅挺的　枝
開出朵朵耀眼的橙色花

是植物　就有向陽性
那邊朝南方
根　從地底潛過籬笆
潛過邊界
在新的土地新的天空
建立起流亡政府

2021年7月末，加拿大烈治文，美思廬。

拍攝國旗

1

黃昏散步在河隄
望見遠處的冬奧速滑場館
它曾擊敗「鳥巢」等等
奪得世界最頂級的
體育場館建築金獎

妻說：「太遠了　我在這休息
你去拍攝國旗吧」
她知道我喜歡拍攝國旗

2

場館前一列十一枝旗杆
第三枝竟然空了
俄羅斯國旗被降下了

太微弱的抗議
降下了有沒有燒燬？
永遠不許飄揚在自由的土地

3

我想到俄軍撤離基輔前的屠殺
炸教堂　炸學校　炸醫院
那還只是獸性的表現
它們比起抗日戰爭時軍國主義的獸兵
更卑鄙兇殘　它們是魔鬼

日裡逐戶檢查
夜裡回來殺死所有男人
掠奪財物　吃飽喝醉
當著幼兒的面
強姦所有女人
強姦之前敲斷所有的牙齒
這手無寸鐵者唯一的武器

4

我想到南部港口 MARIUPOL 的
AZOVSTAL 鋼鐵廠內
缺糧　缺水　缺藥物
被十倍兵力圍困的
兩千孤軍正在死守頑抗

「我們為烏克蘭的命運感到痛苦萬分
　對敵人的怒火和仇恨持續增長」

「對祖國忠誠至死
　陣亡戰士的榮耀將我們引向戰鬥」

俄軍三度最後通牒
若棄械可撤走
第 36 獨立海軍陸戰隊
指揮官 SERHIY　VOLYNA 聲明：

「絕不重蹈覆轍
　絕不相信俄羅斯人的保證
　絕不投降」

士可殺　不可辱
何況是準備戰死的軍人
不論最後結果如何　這一戰役
必將是文學　電影一定記載的
一段可歌可泣的歷史

5

第一枝旗杆是加拿大旗
第三枝俄羅斯旗降下了
其間的第二枝的旗　沒有降下

聯合國海牙法庭裁定：
俄軍必須撤出烏克蘭
俄羅斯投反對票

它　也跟隨　就是說
同意俄羅斯在烏克蘭的罪行

6

從來拍攝國旗需要耐性
我總要等到足夠的風力
等到國旗飄揚　攤開
可以清楚辨認它的國籍

現在更難了
我要等到第一面的加拿大國旗
以及德國　日本　荷蘭　挪威
波蘭　捷克　韓國　美國的國旗
同時飄揚攤開
而同時　與加拿大相鄰的
第二面旗完全垂下
看不出它的國籍

這樣我才可以
減輕一點點罪惡感

註：第4節所引四行，是烏克蘭軍歌的歌詞。

2022年4月21日，加拿大烈治文。

仙境與人間

歡欣的雪花滿天飛舞
掩蓋了所有的屋頂
花木　大地　山嶺
掩蓋了城市和鄉村

天真的兒童
紅橙黃綠的童裝
堆雪人　打雪戰
嬉戲追逐在童話世界中

任誰都欣賞這潔白無瑕
水晶般清澈的仙境

其實冰雪　凝固了一切
天地無言

而我
暗自祈禱　期待
一場突如其來的大雨

液態的水如千萬支急箭
沖擊著固態的　半固態的自己
讓一切還原為本來面目：

多彩而活潑的大自然
美善與醜惡血戰
正義與邪魔決戰的
人間

2022年12月

來生不做中國人？

來生不做中國人？
這問題一直爭辯
民族主義者當然反對
一如「願生生世世為夫婦」
一樣堅貞

來生　出生在哪一國
就是哪一國的人
足智多謀的周恩來說：
出生在哪裡不由你選擇
但你可以選擇走的路

來生　太遙遠　太渺茫了
我不知道到時中國變得怎樣
我只知道　我的此生
上半生是中國人
下半生做了加拿大人

朋友問：
你這麼熱愛中華文化
如果來生你出生在中國
如果你對中國還是不滿意
你做不做中國人？

不錯　我對中華文化
一如「願生生世世為夫婦」
一樣堅貞

我做王健　Jan Walls
做一個熱愛中華文化的
漢學家

2022年，平安夜，加拿大烈治文。

來生做甚麼人？

1

如果有一位幽默的朋友
看了我詩〈來生不做中國人？〉
問我：「你也會像王健教授
做中國女婿嗎？」

我會答：「會。希望是。
但願生生世世為夫婦嘛！」

2

如果他繼續問：「來生
你希望做甚麼人呢？」

我會答：「瑞典人
這才可以進瑞典學院
做諾貝爾文學獎的評審嘛！」

2022年12月

中國女婿

我在一首詩中說：來生
我也希望像王健教授一樣
做中國女婿

有一位先生看了
說王健夫人不可能是中國公民
言下之意
王健不是中國女婿

看來他忽視了
「中華民國在台灣」
王健夫人出身於台灣
理所當然是中華民國的公民

也許他不承認中華民國是中國
那麼
據中華人民共和國法律
你父母出生於中國
你就是中國公民

就算你入了外籍
是美國人了　是加拿大人了
據中華人民共和國法律

你仍舊是中國公民
（雖然它不承認雙重國籍）

兩個中國
不論你承認哪一個
王健夫人都具有中國籍
王健教授不能不是中國女婿

那位先生說知道我是誰
也參觀過我的書法展
我相信　我是認識他的
但不知甚麼原因
他不願意我知道他是誰
他匿名

2022年12月

我也是一朵洋水仙

積雪未化
一群洋水仙蠢蠢欲動
在泥土中

驚蟄日
在無人察覺的時間
破土而出
不靠陽光而靠自身的熱力
開花　在一叢灌木的旁邊
為了報告春天到來的消息

地球的自轉瘋狂地加速
春分還未到
夏至就過去了
突然殺到秋決的秋天

一夜的狂風暴雨
洋水仙全部折斷倒地
是不可能再站起來的了

他們　其實是我的同志
我也是一朵洋水仙
躲在灌木叢中

避過耳目避過了風雨
目睹同志的犧牲
我悲憤　我慚愧
我要努力向上攀高
穿過繁枝
攀到灌木之頂

讓誰都看到包括敵人
洋水仙仍然生存
沒有被滅絕

我驕傲地挺立像一枝旗杆
我的花　是我們的旗幟
在雨雪風霜中飄揚
向世界宣示
春天在這裡
春天沒有死

縱然我同樣被折斷
泥土裡
還有我的根

2023年3月29日，加拿大烈治文。

燒乳鴿・火鳳凰

隔鄰的餐桌
上菜　一個鳥籠
籠中一隻燒乳鴿
全身通紅

象徵自由的和平鴿
莫須有的被囚
被施以火刑
被擺佈為下跪

這些我眼見的只是幻象
我腦中所見
是一隻勇敢的鳳凰
以鳥籠為燃料

引火自焚
浴火重生

2023年3月，烈治文「一號碼頭」酒家。

AI 的詩和我的詩

AI 殺到
引起我的一位詩友
佩服又恐慌

她說 AI 幾分鐘就寫成的好詩
她一輩子也寫不出來

她給我看 AI 一首寫秋天的詩
充滿豐富的蒼涼和感嘆的意象

我說這種詩我寫不出
我給她看我寫的秋天
其中幾節：

「春花鮮豔
　總不及秋葉的璀璨浩瀚
　這些年我已不愛淺薄的春花
　愛上悲壯的秋葉

　而現在
　我最愛落盡了秋葉的枝幹

花是庸俗累贅的首飾
　　葉是衣服
　　枝幹是坦蕩之軀
　　原始而透明」

她又給我看 AI 一首寫母親的詩
充滿偉大母愛的意象

我說這種詩我寫不出
我給她看我寫的母親
其中幾節：

「我用母親的名字
　作為我的一個筆名

　鄭展怡這三個字
　是香港荃灣華人永遠墳場
　石碑上雕刻去掉的部份
　那凹下的陰紋字
　紅漆剝落⋯⋯

　秦漢隋唐碑刻的書法
　石材堅硬卻難以永存
　最後只剩下
　陰影的陰影留在柔軟的紙張
　模糊的反白⋯⋯

我安頓母親的名字
　　生存於紙張
　　以及比紙張更柔軟的空氣
　　飄向永恆的邊緣」

我對她說：
我寫不出 AI 的詩
AI 也寫不出我的詩
它是通過大規模數據排列組合
歸納出模糊歧義或平庸空泛的文字
經驗和感情是一般人的總平均
只有共性　　而無個性

那是高檔的文藝腔
加上高檔的心靈雞湯

如果妳的詩來自
獨立觀察　　獨立發現
獨立感觸　　獨立思考
就一定勝過 AI

不應佩服　　不必恐慌
AI 只是一隻
記憶力模仿力特強的
鸚鵡

2023年4月16日，加拿大烈治文。

製作中的陶雕塑

1

我凝視著
一件製作中的陶雕塑
男人女人和兒童
圍成一個大圓圈
正在成形

握著小刀在雕刻
是一雙泥污的手
一隻指甲塗上耀眼的藍色
顯然是女性

往上看
細意化妝衣飾入時一個中年婦
紅唇　藍眼線　棕眉毛　面頰粉紅
兩耳吊著結構複雜精緻多彩的耳環
粉頸掛著金色的項鏈

一頭很短很短的白髮
純白　當然是染白的
正配合她白色無袖的外衣
外衣有黑色的底裡
襯衣鮮紅　隱隱有花紋

雕塑家這一身打扮和服裝
堪稱一件彩色的現代雕塑

2

我問她姓名
她給我名片　Shamsi Ashti
我問她「來自」
她猶豫了一陣
紅唇吐出兩個靦腆的字音：
「伊朗」

我一怔
伊朗婦女給我的印象
總是黑色的頭巾和罩袍

3

一年前
伊朗 22 歲女子 Masha Amini
被警察指頭巾「戴得太鬆」
遭毆打致死於獄中
爆發了「女性，生命，自由」
全國的大示威
至今死傷數以千計
被捕兩萬人以上

歐洲議會給這「頭巾女」
追頒了人權獎

4

地球上有「四大文明古國」
現代也有「四大極權國家」
伊朗特殊
是利用違反人性的宗教
實行其神權統治

最近不變本而加厲
通過法案
「不恰當衣著者」可判監十年
違反「頭巾法者」
列為精神病人強迫「治療」

5

Ashti 的國籍我早已猜到
我問　只是問她的「來自」
看來她以身為伊朗人為恥
其實她不必認為自己是伊朗人

我凝視著
一件製作中的陶雕塑
男人女人和兒童

圍成一個大圓圈
正在成形

2023年9月，加拿大烈治文。

「兩中」使節之異趣

所謂「兩中」，即「舊中」與「新中」。我身居加拿大，與
兩使節都有接觸，親歷其異趣。

1. 身份

每年踏入十月
Canada Place 的會展中心
豪華的大廳裡
我與妻參加千人國慶酒會

大約十天之後
是另一個千人國慶酒會
在相同的地點
飲相同的酒
吃相同的食物

會場中見到幾位
十天前在這裡見過的朋友
相視會心微笑
例如王健教授

有朋友問我
為甚麼要「食兩家茶禮」

你到底承認哪一家？

我說我不是中國人
甚至不屬於廣東人
澳門香港不屬於廣東省

我身份是加拿大國民
外國的國慶酒會東請我
我不能沒有禮貌

2. 飲食

名貴的食物捧出來了
僑領們蜂湧而上
廣東話說的「餓鬼投胎」
狼吞虎嚥

藝術家協會的鄭勝天會長
搖頭　對我說
「不要在這裡受罪了
　　我們走吧」

大約十天之後
穿戴整齊的嘉賓
圍著建國週年數字的大冰雕拍照

一位女高音獨唱國歌
本來像哀樂的旋律
竟然唱出令人熱血沸騰的雄壯

人們互敬互讓
自動排隊取食
細嚼慢嚥

3. 界別

我既寫詩又　也寫書法
是作家協會也是藝術家協會的成員
一直不知道他們當我屬哪一個界別

後來才留意到
「舊中」每年寄來請柬的信封
不顯眼處有很小的「AR」字樣
原來我歸入藝術界

「新中」的請柬呢？
我無緣留存
我請他們發還給我留念
不允

「舊中」是
憑佩掛附在請柬寄來的名牌進場的

4. 服裝

「舊中」請柬註明
服裝　男士：西裝
　　　女士：旗袍或洋裝

我認為不妥
沒有包括傳統的「長袍」「中山裝」
和外國的民族服裝　例如「和服」

還有是年份的「0」並非漢字
應作「零」

我寫信給「舊中」使節
次年的請柬
服裝加了「民族服裝」
「0」字消失　改用「零」

「新中」如何呢？
沒有穿著規定

5. 花籃

卑詩大學（UBC）為我主辦
我的首次書法展

大學是中立的
但凡政界人物都不邀請
清高　請柬寫明
不接受花籃

開幕了
竟然送來兩個花籃
而且是政界的
我不能不收

　個下款是「舊中」便節處
另一個是「舊中」使節處長和夫人

6. 退場

何氏宗親會成立晚宴
我們同時邀請了「新中」和「舊中」

七十多席把酒樓擠滿
因為首先醒獅表演
要把當中幾桌先行移走

表演完了從新置桌
因為沒有規定座位
宗親們紛紛上座

何仲偉會長　接待「新中」
我偶見「新中」一行七八位領事
黑著臉退場　不吃了

他們說是代表國家的
不能坐第一席就不坐了

事後「新中」要我們道歉
宗親會不肯
一開始交往　就絕交了

我是宗親會秘書　我會國語
當晚我負責接待「舊中」
派來的代表也姓何
祖籍安徽
我大談何氏始於安徽廬江

餐後他要開夜車下美國看兒子
否則一直交談不斷

7. 默契

我們藝術家協會
在中華文化中心的畫展開幕
「新中」「舊中」的使節都請

他們倆
一向是避開對方的
場面不是很尷尬嗎？

「新中」的來了　走了
我見到「舊中」的處長
自己開車姍姍而到

不知是誰想出來的好主意
還是他們倆有默契
先後腳

8. 保證

澳洲一位著名女畫家唐慧珠
要來溫哥華展覽

她曾在一些城市展覽過
愛邀請中國總領事來剪綵
這次來溫哥華
她託我聯絡

我提供了女畫家的詳細資料
「新中」說　可以
條件是絕對不能請「舊中」來

我答應了
「新中」不放心
再三叮囑
又要我再三保證

也許他們知道
我的《心經》書法展
有「舊中」的處長剪綵

9. 發言

「作家協會」新春聯歡晚會
準備「新中」「舊中」都請來
「新中」說　可以
但一定要發言
同時不許「舊中」發言

我們為難
結果兩個都不請

10. 展覽

朋友問我
為甚麼只到台灣展覽書法
不到大陸展覽？

我說
「舊中」使節推薦我
到台北國立國父紀念館展出
不必費用
只是展後贈館一件作品

紀念館珍藏　我求之不得
我送出歷史上第一幅
甲骨文《國父遺囑》

我還提出加送一件
請館長挑選
他選了甲骨文對聯：
「願乘風破萬里浪
　甘面壁讀十年書」
那是寫國父撰的聯語

比我名氣成就大得多的
前輩書畫家周士心教授說
到大陸展覽一次花了他不少錢
請人剪綵也要送紅包的

11. 書畫

辛亥革命百年紀念文物展覽
我展出的書法中
有甲骨文《國父遺囑》原稿

「新中」總領事到
對這件書法最感興趣
請我解釋字形來歷
他承認孫中山是國父嗎？

在UBC的一次畫展
主題是〈East Meets West〉

畫家好友金康麗展出的
名《茶加咖啡》
畫的是她的外孫女
健康活潑的中西混血兒

她向嘉賓解釋畫意後
我補充說
茶與咖啡相混
是我最愛的香港飲品
名字叫「鴛鴦」

「舊中」處長伉儷在旁
對「鴛鴦」一物很感興趣
一番問答之後
處長夫人指著畫中的小女孩說：
她就是「鴛鴦」！　眾笑

2023年11月，加拿大烈治文。

紅櫻與葵樹

1

想起香港
聯想到今春在鬧市中
那一棵霸氣的櫻樹
千萬多紅櫻花得意地開
旁邊那一株孤單的葵樹

熱帶的葵樹在寒帶
艱難地生存
在不適宜的土地
舉起一隻隻綠色的大手掌

2

想起日前
香港的區議會選舉
民主派不准參選的
「香港特色的民主選舉」

對於香港
其實我早已淡忘
但青年的我學習在那裡

中年的我成長也在那裡
我永遠感謝這一個城市

3

紅櫻花　注定是短命的
捱不過一個春季
現在看這葵樹
經過春陽　夏雨　秋風　冬雪
至今一直蒼翠
一直舉起一隻隻綠色的大手掌

到了明春
就算紅櫻花來一個復辟
時　地　人三者
它只有地利
逃不過早凋的命運

2023年12月，加拿大烈治文。

突然一陣狂風

常常開車經過這一個十字路口
視線越過一戶人家的圍牆頂
總見到隱約的藍色和黃色
相纏而下垂著

被旁邊的大樹和房屋擠壓
陰天時灰暗　雨天時垂淚
即使在陽光燦爛的日子
它也完全活在重重的陰影裡

只有在颳大風的時候
見到它久被圍困擠壓的
瘦弱卻直立的身子
偶然的　晃動一兩下

今天　突然一陣狂風
束縛太久忍不住了
它不停的左搖右擺
它掙脫了　飛揚而去

一片恢復自由的藍天
藍天下一片富饒的麥田

【後記】幾乎每天開車都行經Granville Avenue，到No.2 Road
　　　　十字路口時，往往是紅燈。寫停車時所見。2023年
　　　　12月，烈治文。

記詩友交談

2023年12月2日中午，「加華作協」會員
歡聚於「富大酒家」，即晚作記。

1

H 是我在 1989 年移加後
最早認識的幾位詩友之一
後來她出版了詩集

家庭背景使她根正苗藍
詩作除了關心加國社會
對中國政治存有義憤

她回流香港多年未見面
今天特意走到我桌旁詳談
我坐著　她一直站著

我說見到她近年的詩
寫的是回憶童年時的家鄉
以及與基督教有關的師友
我問她有寫社會寫政治嗎？

她邊走邊說：
「現在是甚麼時候　還寫政治？
我們是甚麼年紀？」

2

與我鄰座的
是新詩舊詩都寫得好的 P
我問他認識 H 嗎？　認識
我把與 H 交談的內容告訴 P

P 與我都想到
H 有親人在大陸
P 說他沒有
所以心中有話就直講直寫

我又想到一點
H 是虔誠的基督教徒
也許宗教信仰壓倒一切

記起我好友詩人 M 堅持不信宗教
但愛妻是虔誠天主教徒
M 彌留時很勉強聽從妻子苦勸

M 走之前兩三個月
出版了他唯一的詩文集

我提供了一些大學圖書館地址
讓他的愛妻寄去把心血珍藏

結果她沒有寄出　我追問
她認為能與丈夫在天家相會
是唯一重要的事

3

宴後
諸友自然地形成小組
兩人　或者三四五人
交談　拍照留念　氣氛熱烈
我在五六位女會員之中

Y　最近向理事會交了申請表
申請入會　我對她說
相信我是第一個同意的人
當晚電腦上見到剛發來的申請表
我立刻回覆了一行：
「韓牧歡迎 Y」

剛才會長請 Y 發言
她講幾句就完事了
現在她連聲說：「我不會應酬」
好像感到內疚

我說作家不是生意人
不必應酬
甚至不應該應酬
作家責任就只是寫作

我說幾十年來
我從澳門　香港　到加拿大
只願意當理事
堅持不當會長副會長

接機送機吃飯應酬
要花不少時間和精神
我花不起

我指著年紀最輕的 L 說：
她是聰明的
當上理事　但不多久就辭去
還有 S 也是聰明的
辭去副會長　連理事也不當
專心去寫自己的長篇小說

我年紀比妳們大得多
廣東話說「個頭近」（眾笑）
意思是「離那一頭很近了」
我想得長遠

作家雙眼一閉
名譽地位等等生前有用的東西
立刻完全失去

甚麼都靠不住
政治也靠不住
只能靠你作品的藝術性
（我見到 L 在點頭）
我指著 L　說
她也研究學術　多了一種
就是靠實學

我見到副會長 W 也在身旁
我指著 W 說　她不同我
她精力充沛可以應付
為「加華作協」做了不少事
我精力不足
我只能勤力寫作了

（完）

梅園

一望無際的梅樹林
紅紅白白有許多品種
遼闊無邊的　梅園

它們共同的特性
是傲骨　傲對冰雪寒風

炎夏
暴虐的太陽射向梅園
梅樹一株接一株的倒下

地面立時冒出
滿園的灌木
開出彩色的大花
是林林總總的牡丹

它們共同的特性
是俗艷　逢迎庸俗的眼睛

而在邊遠的一角
有一株劫餘的梅
憑自己的傲骨
獨立

我睜開惺忪的眼
首先見到白色的天花板
透過垂下的窗簾
隱約是初春的晨光

原來剛才見到的
是夢境

回憶起日前與親戚晚飯
在一家名叫「梅園」的餐廳
環繞餐廳的內壁
掛滿一幅幅大型的相片
各個品種的牡丹

每一幅相片下面
都寫上讚美牡丹的詩

2024年3月，加拿大烈治文。

觀舞劍

2024年3月9日，觀周孟川舞劍，
於加拿大溫哥華。

下弦月漸漸隱去時
旭日圓睜
一人持劍獨立

是個帶嬌氣的男孩
還是帶英氣的女子？

突然
人劍糾纏　光影一團
凌厲的劍光到處翻飛
上天　下地　入水
在追擊著甚麼呢？
不是空氣　不是空虛
是會隱身術的
狡猾的頑敵嗎？

依稀
遠方傳來沸騰的人聲
一切突然停頓

還原為本來面目
都在屏息聆聽

看清了
是公孫大娘千年後的弟子
手握鍾馗的七星降魔劍
準備繼續追擊
那條二十一世紀的毒龍

空思

古代的印度人
有很大的智慧
發現了一種超乎人類智慧的智慧
雖然人類沒有這種智慧

中國人難以翻譯
只音譯為「般若」

我近日無意中發現了
有一種超乎人類感情的感情
也許可以名之為「空思」

超乎友情　親情　愛情
當然也超乎柏拉圖的所謂
精神戀愛

這一種「空思」相似於單思
但它也不是單思
因為單思是有所求的
渴望得到對方感情的回報

「空思」還有一點相似於單思
是對象不知道
因此不可能給對象做成損害

「空思」相似於
一日思君十二時
是時時刻刻都在的思念

思念一個思念的對象
也許　自己也無能選擇的對象
無可控制　就永在念中

單思是有樂有苦的
對象沒有反應時
是痛苦
但「空思」沒有痛苦
只有愉悅

「空思」發作時
就會感受到超乎人類愉悅的
愉悅

近來
竟然在我這個「人類」中體現了

要得到這種超乎人類愉悅的愉悅
首先要有個思念的對象

那是可遇不可求的
要有緣份
那是超乎人類緣份的緣份
這就不知如何去命名了

【後記】近來心中有一個意念縈懷，好想寫得隱晦些，找一
　　　　個比喻來寫，但一直找不到。今晨睡醒，思潮又
　　　　起，索性直接寫出。急忙到廁所找白紙，盡速記
　　　　錄。2024年4月20日，清晨。

第三輯

異
鄉

記者訪問避難所的兒童
有甚麼夢想
有甚麼願望

一個男童說
夢想是見到被殺的父親

一個女童說
她希望能升上「小二」

不是成績不好
是希望能活到「小二」之前
不被俄軍殺死

——〈夢想・願望〉

德國人最天真

世界各國對華為產品
態度大大不同

美國說威脅國家安全
禁用

澳洲　新西蘭　日本
挪威　捷克　也一樣

而法國　意大利　匈牙利
波蘭　斯洛伐克　不禁

加拿大和韓國
未表態

英國說危害國家安全
要求華為改善

華為回應
將會改善

德國要求華為承諾
不把數據交給中國政府

華為回應
「嚴守所在國法律」

它同時嚴守中國法律嗎？
誰都認為德國人最理智

原來
最理智同時也最大真

2019.2.14.

2020東京奧運

2021年7月至8月，奧運在東京延期舉行。此組詩18首，主要記錄兩位加籍華裔的觀感。

旗手

運動員進場了
紅衣白褲　背上是白楓葉
加拿大國旗的新版本

一男一女揮舞國旗
女的是籃球員 Ayim
男的是橄欖球員 平山
（Hirayama）

她，意外高興
平山是烈治文居民
可說是她的同鄉

加拿大第一金

100 米蝶泳決賽中
21 歲的 Margaret Mac Neil
50 米時　僅排第七名

轉身後爆發強力追趕
以 55.59 秒
擊敗中國陳雨菲奪得金牌

她觸碰池邊後望向電子計時板
因沒戴隱形眼鏡看不清楚
身旁對手瑞典的 Sarah Sjöström
向她擁抱道賀她才回過神來

她，興奮目睹加拿大第一金
他，失望　又不解
Mac Neil 是洋姓
為甚麼有　張東方人面孔

Margaret 在江西九江市出生
是個棄嬰
一歲時獲加拿大父母領養
視同己出　盡心培養

她還學過小提琴　單簧管
愛打排球　對法律和醫學有興趣

區旗 · 國歌

花劍世界排名 19 的張家朗
連番苦戰擊敗了
法國　意大利　俄羅斯　捷克高手

勇奪金牌

她，目睹洋紫荊區旗
與兩側較低的意大利和捷克國旗
在中國國歌中徐徐升起

她想：
香港區旗面積從來就小於國旗
高度從來就低於國旗
居然在這樣的國際場合
能與國旗平起平坐
甚至高過

她想：
旗是區旗　歌是國歌
那算是一國兩制
還是一國一制呢？

港加女飛魚

女子 200 米自由泳決賽
香港混血飛魚何詩蓓得銀牌
加拿大 Penny Oleksiak 得銅牌
中國的楊浚瑄從第二跌到第四

他，失望

而她的開心是雙重的
她是香港移民加國公民
如果銀牌銅牌的得主對調
她的開心是同樣的

女子 200 米蝶泳

中國陳雨菲
前 50 米已力壓美國選手
由頭帶到終點奪取金牌

他，有雙重的高興
一是中國戰勝了美國
一是日前在 100 米決賽時
陳雨霏被加拿大奪走金牌
只得銀牌
現在可算報了一箭之仇了

女子體操全能冠軍

美國代表 Sunisa Lee
跳馬　平衡木　高低槓
自由體操
擊敗巴西及俄羅斯對手
獲得金牌

Sunisa 一張東方人面孔
她是華裔？日裔？韓裔？
她是老撾苗族人

他，對她沒興趣
雖然同是亞裔
卻是美國代表

她，感到特別高興
也不是因為 Lee 是亞裔
而是因為
她一向鋤強　扶弱

全紅嬋

14 歲中國全紅嬋
勇奪 10 米高台跳水冠軍

接受訪問時說家裡很窮
遊樂園沒去過
希望掙錢為母親治病
她不識母親的病那個字

她，覺得很可憐
他，認為很正常

英雄出少年

13 歲日本女孩西矢椛
在女子滑板中奪冠
成為日本史上最年輕冠軍

1992 年巴塞隆那奧運
奪金的女泳將岩崎恭子
當時 14 歲

他，對此沒興趣
因為都是日本人

她，興趣不是由於性別
是由於年齡

何詩蓓的心胸

香港混血飛魚何詩蓓
200 米自由泳得銀牌後
100 米再得銀牌
記者問她
是否已經可以與世界頂尖的泳手齊名

她笑道：
「我不會這樣想
　因為自己仍有進步空間

不想在這個位置上停留」

五年前在里約熱內盧奧運
她未能入決賽
坐在觀眾席上
看美國名將菲比斯領獎

今屆菲比斯退役
在觀眾席上作評述員
何詩蓓高興
在昔日的偶像見證下摘銀

「希望將來
　我也可以坐在觀眾席上
　看到香港泳手做到這個成績」

女子 8 人單槳艇賽

加國艇一起步就領先
一直帶頭到終點

8 個運動員同時爆出笑聲
舵手更高興得跳了起來

她，第十個加拿大人
也爆出了加拿大式的笑聲

新西蘭銀牌
中國銅牌

他，很高興
不是因為中國得銅牌
是美國隊不但無法四連冠
還只得個第四

愛沙尼亞的選手

一直看著這個撐杆跳選手
跳得過的一下
她與那運動員同樣開心
跳不過的一下
她與那運動員同樣失望

她是華裔
那運動員不是
她是加拿大公民
那運動員不是

是愛沙尼亞的選手
兩年前她到北歐旅行
愛上了這個
力抗強權　力爭獨立的小國

羽毛球男雙決賽

中華隊王齊麟／李洋
直落兩局
輕取中國隊李俊慧／劉雨辰

王李兩年前才開始搭檔
首次入奧運就奪得金牌

她，高興
他，憤怒至極
他心想：
輸給誰都可以
就是不能輸給美國日本
更不能輸給香港台灣
李／劉　狼狽為漢奸

羽毛球男雙頒獎時

當青天白日梅花隊旗升起
隊歌奏響

她的眼和耳
與心靈分裂了
心中的眼看到的旗
不是正在升起的白色背景的
是紅色背景的

現場響起的歌曲
當然十分熟悉
但心中的耳聽到的
是更熟悉的另一首

當羽毛球代表隊乘專機
凱旋返台灣
有四架幻影戰機伴飛
又發射熱焰彈迎接

終極榜樣

男子 100 米
意大利第一　美國第二
加拿大的黑人運動員
Andre De Grasse 第三

他說：
「儘管這比我個人最佳成績快了，
　但我應該可以表現更好。
　我真的必須聚焦於起步反應，
　這將有助我有朝一日奪取金牌。」

她，感到他文雅有禮
虛心而有信心

他，對他沒有感覺

三天後
Grasse 在 200 米決賽中
力壓兩位美國名將　摘金

他說：
「我知道美國選手會給我壓力，
將我推向個人最佳成績。」

教練 Tony Sharpe 說：
「他是我任教練 50 年來
　　最有天份的運動員，
　　並非僅僅因他的運動能力，
　　他善良，尊重他人，
　　擁有年輕人所有的好品質。
　　是終極榜樣。」

囂張與自豪

泳賽選手
首先抵達終點奪得冠軍
應該高興
但他全無歡容一臉嚴肅
好像憎恨了一村人

他急急跨過
騎上分道欄上奮力舉拳
旁若無人　好像在示威

她，覺得他表現囂張
他，覺得自己的民族自豪感提升了

襟章

女子單車賽金牌得主
鮑珊菊與鍾天使
站在頒獎台上
觸犯不可作政治表達的規定
外套別上毛澤東頭像的襟章

其實在2008年北京奧運時
羽毛球選手林丹
2000年奧運時
乒乓球選手孔令輝
都有佩戴這襟章出賽

文革有市場
在任何時代

捷報頻傳

東京奧運最後幾天
加拿大捷報頻傳
Damian Warner 得加國首次的
十項全能金牌

烈治文的 Evan Dunfee
在 50 公里競走得銅牌

他說：「最後一彎我筋疲力盡
想起父母、朋友，和已去世的祖母，
都得到鼓勵。祖母常常說，
我腳上有翼。」

加國女足苦戰勝了勁旅美國和瑞典
歷史上首次獲得金牌
卑詩省本那比市政府
在 Christine Sinclair 社區中心外牆
懸掛了一個巨型金牌慶祝

Sinclair 在本那比土生土長
身為隊長帶領國家隊
在最近三屆獲得三面獎牌

三重開心

女子單車爭先賽
加國 Kelsey Mitchell 金牌
烏克蘭 Olena Starikova 銀牌
香港李慧詩銅牌

三旗升起
她三重開心

金　是她的國家
銀　是她的友邦
銅　是她的原鄉

2021年8月

烏克蘭抗俄戰爭小記

2022年2月24日，俄軍突襲烏克蘭，稱為「特別軍事行動」，不認為是戰爭，更不承認是入侵。一般人稱為「俄烏戰爭」，我稱為「烏俄戰爭」，更準確說，是「烏克蘭抗俄戰爭」。

兩歲女童的嫩背

33 歲的 SASHA　MAKOVIY
在俄軍侵烏的第一天
顫抖的手
在兩歲女兒 VIRA 的嫩背上
寫上她的名字和自己的電話
又把家族族譜寫在硬紙片上
放入 VIRA 的衣服中

如果自己不幸死亡
希望有心人幫助 VIRA
尋找到 VIRA 的親屬

寫給 MAMA 的信

9 歲女童與母親
居住在基輔附近的
GOSTOMEL 鎮

當乘車逃難時　被俄軍襲擊
目睹母親被射殺身亡
她嚇得全身不能動彈

俄軍離去後
她被民眾救出
安置在避難所
她給母親寫了一封信
開頭是 MAMA

「這封信寫給你
　作為 3 月 8 日的禮物
　如果你認為沒有好好照顧我
　那你是錯了
　謝謝你給了我生命中最好的 9 年
　非常感謝你讓我擁有童年
　你是世上最好的媽媽
　我一輩子也不會忘記你」

「我希望你在天上是快樂的
　並且能夠上天堂
　我會努力做個好人
　這樣我們就可以在天堂上相見
　親一個」

夢想‧願望

記者訪問避難所的兒童
有甚麼夢想
有甚麼願望

一個男童說
夢想是見到被殺的父親

一個女童說
她希望能升上「小二」

不是成績不好
是希望能活到「小二」之前
不被俄軍殺死

黑夜的天籟

昏暗凌亂的防空洞裡
降下清嫩的天籟
慰藉著一群難民的心靈

7 歲的 AMELIA
唱起動畫《冰雪奇緣》的主題曲
《Let it go》的烏克蘭版
歌聲響徹全世界

戰亂中
頭髮不免有點凌亂
她黑色的衣服上
有巨大的白星

國歌與「國歌」

AMELIA 到了波蘭
一個籌款音樂會上
梳了兩條小辮子
穿上白底彩花的民族短裙
面對千千萬萬的支持者

不是唱《Let it go》
是清唱烏克蘭的國歌
《烏克蘭仍在人間》

「烏克蘭沒有倒下
她的光榮和她的自由猶存
我們的敵人將會滅亡
就像朝陽下的露水
在這片自由的土地
我們必將再起」

她不會知道
她的先輩曾唱過的
所謂　也不知所謂的烏克蘭國歌：

「我們在蘇聯找到了幸福」
「俄羅斯人民為我們的命運奮鬥
　　是永遠的朋友與兄長」

「列寧照亮了
　我們奔向自由的路
　斯大林引領我們達到高峰」

他們就是
用「特別軍事行動」
企圖要你們再次歌唱
這已死亡的「國歌」

800 公里

雙親留守祖國奮戰
一個 11 歲的男童
揹起小背囊　放好護照
手背寫上親友的電話
獨自起程

獨自走過 800 公里路
抵達斯洛伐克邊境

公雞陶壺

俄軍狂炸 BORODIANKA
民宅盡毀

廢墟中
一個廚櫃之頂
安然站立一隻公雞
是一個公雞形的陶壺

雄赳赳
昂然獨立的烏克蘭
是堅韌的陶公雞
不會被炸爛

助 XYZ

聯合國海牙國際法庭裁定：
俄羅斯必須立即停止
在烏克蘭的軍事行動

15 名法官
13 票贊成　2 票反對

投下反對票的兩位法官
來自俄羅斯　中國

國旗處處

我站在
烈治文市政廳前
一枝新立的旗杆下

仰望藍黃兩色
凌亂翻捲
那是一陣又一陣突來的東風
要把它摧殘

我急跳的心在碎裂
我身在戰場

到停車場取車
發現一列不知名的樹
藍天下
正開滿小黃花

國家級古蹟舊魚廠
早年華工宿舍之頂
飄揚著百多年前的國旗
黃的底色
藍的游龍

在回家的路上
尾隨著一輛大型垃圾車

藍底黃字：
Caution
Wild Right Turn
Do not Pass on the Right

經過「皇家銀行」
今天才看清楚它的標誌
藍色的盾形上　黃邊的
一頭持球的雄獅

我車轉入村口
路旁立一個上藍下黃的鐵牌：
是一男一女兩個兒童在踢足球
Slow Down
Kids Playing

我家大門旁擺放著
等待周一市政垃圾車來收集的
藍箱子　放塑膠瓶
黃膠袋　放舊報紙

《明報》副刊有梵高作品欣賞
《普羅旺斯的收穫》
1888年創作　收藏於瑞士
巴塞爾藝術博物館
上半是藍天
下半是黃熟的麥田

偶見洗衣房的地上
一個藍水桶的桶邊
擱了一雙黃色的膠手套

作家協會開雲端會議
見文友廖兄戴了個藍眼鏡
穿了黃背心

妻說：
你頭上的雪帽
正好是藍黃間條的

2022年4月，加拿大烈治文。

阿拉斯加的海上

冰山與綠島

藍天上
氣態的雲
形狀瞬息萬變

雲之下
固態的冰山
穩然不動

冰山之下
是液態的
悠然流動的海水

一座綠色的大島不速
徐徐侵入
封閉了冰山

綠樹是會死的生命
雲和海水
平靜地等待著天火

堅貞的冰山萬載不移
它本來準備犧牲
但沒有成為烈士

血紅獅子山

船窗外
黃昏漸暗

一朵紅雲
像極了香港的獅子山
我在虛浮的獅子山下

細看　不是紅雲
是一座雪山之頂
是夕陽把山峰染紅了

這獅子山
不是虛浮而是實在的

在西半球的阿拉斯加
有一座血紅的獅子山
入我眼中　住我心中

船上的鳥兒

郵船緩緩行駛
在四望不見涯岸的海心

船尾處我發現
有十幾隻鳥兒
黃鶯　麻雀　鵁鳥
都是林鳥　不是海鳥
一定是在上一個港口上船的

也許是偶然上船覓食
船啟航了　來不及離開

也許是不滿意原來的山林
也許誤以為這郵船
是一座華麗的山林

善飛的麻雀和鵁鳥
不時飛到海面及高空
最後還是要飛回船中

弱小的黃鶯
只能站到船舷上張望
瑟縮在可避風雨的角落
看來全部都缺糧缺水了

鳥兒們　一定要堅持下去
兩天後船就到溫哥華
準備歡迎你們的
是加拿大寬廣豐盛的山林

2023年5月，公主號遊輪上。

烏克蘭之緣

1

抗俄侵略戰爭至今
我寫過幾組詩
昨天趁烈治文市「Doors Open」
參觀了烏克蘭社區協會
它始於 1937 年　長我一歲

回溯一下
上月　在郵輪的啟航禮上
見到烏克蘭少年們的歡舞

2014 年的多元文化節
我邀天真的烏克蘭兒童合影

最早之緣
是三十三年前移民到來
初次到太平洋國家展覽會
眼前一亮
白衣碎花民族服裝
烏克蘭優雅的舞者

2

美妙的音樂旋律
加上富於感情的歌詞
往往終生難忘

不知何故
近日有一首歌縈繞腦際不去：
「庫班河上風光好
　清清流水起浪潮
　金色麥浪起伏不停
　庫班草原在叫嘯……

　快收割　快裝上車
　快裝上車快快收割完畢
　啊　我們的豐收　我們的豐收
　我們富饒的豐收」

這極度歡快的《豐收之歌》
是蘇聯電影《幸福的生活》的插曲
七十多年前響徹澳門
進入我童稚的耳朵

蘇聯就是俄羅斯的前身
為甚麼這歌無端端的出土？

3

以前對烏克蘭所知有限
只知道它擁有全球四份之一的黑土
號稱「歐洲糧倉」
我誤以為庫班河就在烏克蘭

4

後來才知道
在 1932 年至 1933 年間
這「歐洲糧倉」發生大饑荒
餓死了 500 萬人
人吃人的事件數以十計

蘇聯在烏克蘭強推「集體農莊」
剝奪個人的自主
遇到烏克蘭人民反抗

1932 年冬　蘇聯軍警
強行沒收所有的糧食和牲畜
全部的農具和種子
大搜捕民族主義分子
封鎖邊界

這次「烏克蘭大饑荒」
歐美史家普遍評定
是故意促成的種族滅絕

5

這齣 1950 年的歌唱電影
歌頌「集體農莊」
發行全球包括美國
我認為它企圖用喜劇掩蓋悲劇
為十八年前的罪惡粉飾

「庫班河上風光好
　清清流水起浪潮」
在我腦際不會磨滅
但感覺是完全相反了：

《豐收之歌》我聯想到「饑餓」
《幸福的生活》我聯想到
「慘死的生靈」

2023年6月4日，加拿大烈治文。

教鐘亂響

1

三年前我寫過一首詩：
〈教鐘不響〉
也可以理解為「教宗不響」

這詩共有六段
首五段結尾一行
都是「教宗不響」

說教宗在智利面對示威
不響
智利全國三十四位主教集體請辭抗議
不響
中國拆去數以千計的教堂
不響
榮休樞機主教諷刺他屈膝於大國領導人
不響
媒體懷疑他貪污　被大國掐住喉嚨
不響

詩中有一節說：
「教宗最近演說
　把文稿中關心香港的

關於《港區國安法》一段
跳過不講」

天主　在人間的代表
演說要自我審查
屈從於政治

2

三年後的 2023 年 8 月 25 日
他反過來了　不但響
還把「跳過不講」變為「加料」
沉默一變而為響亮的歌頌

他對俄羅斯青年發表講話
在用西班牙語讀完講稿後
轉用意大利語發言：

「不要放棄這份歷史遺產。
　你們是偉大俄羅斯的繼承人──
　聖人和統治者的偉大俄羅斯，
　彼得一世與葉卡捷琳娜二世的
　偉大俄羅斯，那個偉大、開明、
　富文化和富人性的帝國。
　你們是母親俄羅斯的繼承人。」

兩名沙皇大帝
都是俄羅斯帝國的帝國主義者
擴張版圖侵略領土的侵略者
包括侵略烏克蘭

九年前普京吞併克里米亞
自比於葉卡捷琳娜二世吞併克里米亞
去年侵略烏克蘭　又自比於彼得一世
以達致重建俄羅斯帝國的理想

教宗亂響　全球震蕩
激起烏克蘭　愛沙尼亞
立陶宛等多國的憤怒

而克里姆林宮評論認為：
教宗的講話讓人非常滿意

2023年8月，加拿大烈治文。

紅磚巷兩次創作的記錄

　　2023年8月初，倫敦紅磚巷（Brick Lane）近百米長、多姿多彩的塗鴉，一夜之間遭白漆覆蓋，噴上「社會主義核心價值」二十四個紅色大字，引起人們的怒氣，紛紛以圖文回應，可謂「二次創作」。當地的區議會旋即決定全部清除。

　　一些藝術家覺得清除得太早，應該多留些時間，讓更多人看到。我見及此，我把這兩次創作，用文字保存下來。2023年8月，加拿大烈治文。

社會的價值
「富強」

不「富強」
404
（貼紙：五星旗及最高領袖像，
Free Re-education Camps）
（貼紙：一人撐傘抗黃星，
Stay Strong Hong Kong）
（貼紙：清裝皇帝像）

「民主」

沒有「民主」

拆（此字，有圓圈圈住）
404　Not Found
十里山路不換肩
（畫：一隻大眼睛）

「文明」

不「文明」
DAMO
Remember June 4th

「和諧」

不「和諧」
DAMO
6B4T

「自由」

（「自由」二字畫上鐵窗困住）
無「自由」
Fuck Communism
No Freedom in China
吾輩愛自由
釋放黃雪琴（附半身像照片）
（貼紙：清裝皇帝像）

「平等」

無「平等」
不能　不明白
But some one more equal than others
（貼紙：五星旗及最高領袖像，
Free Re-education Camps）
下台！

江山嬌，你高中後趕得上男生嗎？
江山嬌，你晚上一個人出門嗎？
江山嬌，你30歲後一定要嫁人嗎？
江山嬌，你掙的錢要給弟弟蓋房嗎？
江山嬌，你穿裙子要過膝蓋嗎？
江山嬌，老師性侵了你，你被退學嗎？
江山嬌，你老公打你，警察管不管啊？
江山嬌，你因為未婚找不到工作嗎？
江山嬌，你家要二胎是因為你是個女孩麼？
江山嬌，你是處女嗎？
江山嬌，你和弟弟同工同酬嗎？
江山嬌，你是不是得生個（男孩嗎？）
江山嬌，你來月經嗎？
江山嬌，你需要供弟弟嗎？
江山嬌，你找工作會被歧視嗎？
江山嬌，你聽說過鐵鏈女嗎？
江山嬌，你被強姦了會被說騷嗎？
江山嬌，你家房子以後全是你弟弟的嗎？

江山嬌，你為祖國剃頭嗎？
江山嬌，你買衛生巾必用黑口袋嗎？
江山嬌，你會和我一樣有過這些會哭嗎？

「公正」

不「公正」
偽「公止」
（「公」字的上面加「母」字）
（貼紙：一人撐傘抗菁芓，
Stay Strong Hong Kong）
（貼上一幅黑白人像照片，周圍多個紅掌印）

「法治」

（「法治」二字，畫一鐵鏈鎖住）
鐵鏈女
沒有天災，只是人禍
COVID – 1984
只生一個好，政府來養老！
Freedom it is my duty
光復香港，時代革命
404　Not Found

「愛國」

（「國」字之下，寫「不愛我」）

我偽愛國
DAMO
和姐我妹一起顛覆國家政權我很愉快！

「敬業」

Free Tibet
DAMO

「誠信」

China   out of Tibet
Tibet will be Free
只生一個好，政府來養老！
DAMO
超生，全村結扎

「友善」

Free Hong Kong
Fuck The CCP
Free Xinjiang
未養老
勿忘六四
NAOD

主義的核心

在自由民主的土地上
黑夜裡　那反常的
白色恐怖的白　粗暴的
毀滅了多元的彩色
世界各地的藝術家
一筆一筆畫成的作品

然後鋪上預先穿洞的紙板
用噴槍強力噴出
血色的中國紅
二十四個呆板的漢字

極權的奴才們一夜的辛勞
做出了成績
這行動本身
正好給世界說明了：
主義的核心

天剛破曉
就獲得熱烈的回應
人們宣洩同時揭露了
美麗又響亮的口號
虛偽

閱報零感四題

星星引路

俄羅斯國營電視台女記者
奧韋斯揚尼科娃
在電視台直播新聞時
闖到主播身後
手持標語抗議俄軍侵烏

不久又在克里姆林宮附近
示威　抗議祖國的侵略行為
面臨監禁十五年的審訊

臨近審訊前的一個夜裡
她在無國界記者協助下
換乘了七輛汽車逃亡
最後一輛行駛期間
意外陷入泥中

她只好徒步　在黑夜中
依靠星光引路
辨明方向　逃出國境

星星是造物者所造
造物者支持正義

2023年2月

教宗鍾情白色

天主教教宗方濟各
接受瑞士電視台訪問時說：
「烏克蘭要有舉白旗的勇氣」

烏克蘭外長庫列巴回應：
「我們的旗幟是黃藍色的
　　這是我們賴以生存、死亡
　　和勝利的旗幟
　　我們絕不會舉起其他旗幟」

教宗總是戴白色的小帽
總是一身的白長袍
相信他鍾情於白色
想不到連舉旗也要人舉白旗

2024年3月

不會順應民意

在「外國干預加拿大」的
公開聆訊會上
前國會議員趙錦榮說：
他因為反對香港警方鎮壓「暴徒」
又曾提出創設外國代理人登記的法案

被中文傳媒標籤為
「種族叛徒」「反華」
「白人至上主義者」

導致他在 2021 年聯邦大選中
失去國會議員席位

聆訊會上他被問到是否「反中國」
他說並非「反中國」
但不支持 1949 年執政的共產黨

趙先生　你義正詞嚴也沒有用
你的失敗
原因是
你不會順應民意

2024年4月。

只會順應民意

在「外國干預加拿大」的
公開聆訊會上
現任萬錦市副市長陳國治
被問到　因何會在柬埔寨
與被勒令離境的
多倫多中領館官員趙巍見面？

當指他收了中領館 25 萬元
干預選舉　他否認

他說他在　2019 年開始的
香港「反送中」抗議活動中
支持香港警方

聆訊人質問陳國治是否接受
「中國干預加拿大大選」的說法？
他「不予置評」

被問到　為何中國政府
每次都對他熱情接待？
他表示不知道原因

被問到　為何從不反對中國政府？
他表示「無從說起」

陳先生　你閃爍其詞也沒有用
你的失敗
原因是
你只會順應民意

2024年4月

第四輯

逸詩及歌詞

當風狂雨暴電閃雷鳴
野草迎風　林木搖動
我是一座沉默的睡火山
在朦朧中
睡夢中　欲醒

——〈冬至沉默〉

鄉野小品

附英譯

Sketches from the Countryside

By Han Mu

序／Preface

　　與曾志成兄失去聯繫十年了。一九八二年春天一個周末的下午，意外重逢，在一百八十幅香港鄉野攝影小品之間。這是他的攝影個展，在港島中環一個小小的展覽廳。

　　只不過十年的時間，一個青年就能夠透過直觀，認清自己所屬的環境，並且能夠用樸素的藝術手段，逼真的記錄下來，實在令我驚喜。

　　我回憶起當年我們那些鄉野的日子：兩對短靴，兩個背囊，兩個水壺，一個橙色的營帳。

　　如今在鬧市，我一口氣寫了這五十一首小詩，算是對那一段日子的悼念。

I had lost contact with my friend Zeng Zhicheng for ten years.Then one weekend afternoon in the spring of 1982, we unexpectedly met again among 180 photographs of Hong Kong countryside scenes, his solo exhibit in a rather small exhibition hall in Hong Kong's Central District.

In the span of only ten years this young man could, through direct observation, see his own environment clearly, and realistically record it using unadorned artistic means. It truly surprised and delighted me.

I recall those countryside days: two pairs of short boots, two knapsacks, two canteens and an orange tent.

Now in a noisy metropolis, I have written these 51 short poems in one spate and they may be considered as mourning the loss of those days.

1

讓他們住在
高大的建築
而壁
或者滿足於紙張
或是鳥瞰我們

我們在野
以草木為伴
以日月為燈
腳行萬里
眼觀萬象

Let them live
in tall buildings
facing walls
or satisfying themselves with paper,
or looking at us from high above.

we are outsiders
friends of the grass and the trees
sun and moon are our lamps,
feet walking myriad miles
eyes watching myriad things.

2

放逐浮華
於是被浮華放逐

逐水草而行
我們是一種遊牧的
少數民族

We banish luxury and then
are banished from luxury

drifting with the water weeds,
we are a nomadic
minority.

3

黃草　　背光的黃草
蔓延著整個山谷

一代來　　一代去
一代傳一代

沒有人知道
我們知道

Withered weeds　withered weeds without bright light
sprawling over the whole valley.
A generation comes　another goes
generations passing on and on.

no one knows
we know.

4

幾片小葉在枝頭
綠　　紫　　紅　　黃
斑駁而繽紛

沒有一片是沒有蛀孔的
山野的灌木自有本色

A few little leaves on the tips of twigs
green　purple　red　yellow
motley profusion

not one leaf is without insect-eaten holes

shrubs in the wild have an essence of their own.

5

一雙年青的青松
相倚相依

你是我的
我是你的伴侶

孤獨
而不孤獨

A pair of young pines
lean and rely on each other.

you are mine and
I am your companion.

alone
but not alone.

6

極目那村屋前
清清楚楚晾著

一件黑衫

竹竿上晾著
某一個人的影
等候風

In front of that hut in a village barely visible to the naked eye,
in clear view hung out to dry
a black shirt

hung out to dry on a bamboo pole,
someone's shadow
waiting for the wind.

7

兩個方形的黑窗
兩個深陷的眼
一對木門
在當中

綠色的尼龍繩
圈過鐵鏽的門閂
拉緊　　打一個結
結住一條橫攔的長竹竿

封住的木門是緊閉的口
沉默　　是永恆的聲音

Two square black windows
two deep-set eyes
one pair of wooden doors
between them.

Green nylon rope
threaded through a rusty bolt
tightened　into a knot
binding a horizontal bamboo pole.

The sealed wooden doors are tightly shut lips.
Silence　is the sound of eternity.

8

小草們
最宏偉的太陽
你們頂住了

You!　Grasses!
You hold up
the magnificent sun.

9

喇叭花　　向東　　向西
沒有聲音

千千萬萬綠色的手掌
舖得滿滿
無可奈何的手掌

依稀有幾條浮突的瓦稜
原來是一個
人去後的屋頂

Morning glory bugles　　facing east　　facing west
without a sound.

millions of green palms
spread all around
powerless palms.

some roof tiles seem to have come loose,
turns out to be
a roof people left behind.

10

枯樹倒在水中
停止了生長

一片新葉向上
背景　是壯麗的天

A withered tree falls in the water
and stops growing

one new leaf pointing upwards;
background　the glorious sky.

11

「玉堂富貴
　金屋榮華」
春聯　　貼在爛磚屋的臉

老實得過份
使我難堪
鄉村姑娘的雙頰
塗太厚的脂粉

"Jade hall of wealth and honor
Golden chamber of glory and splendor"

New Year Couplet   pasted on a run-down brick house.

So innocent,
I was embarrassed
by a country girl's cheeks
with too much rouge.

12

黑蜘蛛
把自己
懸在透風的地圖上

地圖上交織著
它自己的路

Black spider
suspended
on a ventilated map;

woven into the map
are routes of its own.

13

褪色的門神　　剝落
一角殘紙飄落我的肩

紅鐵鎖
鎖住了門閂

鎖心裡鏽蝕著
昨夜的雨水

Faded door gods　peeling,
a small piece of tattered paper falls on my shoulder,

a red iron lock
fastens the latch,

rusting inside the key hole
is last night's rain.

14

野花
有野花的通性：

一是瘦傲
二是繁多
三是各有各的
又土又雅的色相

Wild flowers
are what they are:

thin and proud
profuse.
each with its own
rustic yet elegant charm.

15

斬幾枝新竹
撐住　　撐不住
垂死的泥牆

破麻袋
麻繩加尼龍繩
吊起了
一幅門

A few freshly cut bamboo poles
supporting　the unsupportable
moribund mud wall,

tattered sack
hemp twine reinforced with nylon twine
hanging up
the door.

16

破香爐
剩下半邊

幾枝「香雞」
紅得很新鮮

A cracked incense burner
half remaining.

a few sticks of incense
all red and fresh.

17

仙鶴們凝住了　　天的顏色
一列三隻青花神茶杯

時間　　浮泊在茶水上
蛋黃色的榕葉
帶著綠斑點

茶水偷偷下降
歷史給留住了
三圈茶漬　　在杯沿

The cranes congeal   the colour of the sky
three porcelain teacups in a row.

time   floats upon the tea
egg-yolk coloured banyan leaves
speckled with green.

the tea recedes in secret
but its history remains;
three rings of stain   inside the tea cup.

18

白頭的皋
千千萬萬
從早晨到黃昏

晨暉   夕照
在它們的髮上
鍍一個個白金的冠

Hoary-headed grasses
thousands of thousands
from morning to dusk

morning light   evening sunset
gild white gold crowns
on their hair.

19

湧進來
靜靜地湧進來
繁葉繁枝
壅塞住這一個門口
粗野而溫文

從室內　　向室外
湧進來

Surging in
silently surging in,
countless leaves and twigs
clogging up this doorway,
boorishly yet gently

from indoors　to outdoors
surging in.

20

廟前
地上紛紛的鮮紅的
炮竹的落瓣

春節過了
沒有果
響亮的自鳴是無果之花

In front of the temple
bright red, scattered on the ground
fallen petals of firecrackers.

Spring Festival passed,
fruitless
loud proclamations of the fruitless blossom.

21

石磴古道
我在古道中

前面是荒草掩蔽的
不可知
背後是牆壁
牆壁後是現代的鬧市

前無去路　　後無來人
我　　一意孤行

Stone steps on an ancient road.
I am on the ancient road.

up ahead -- covered by wild weeds
the unknown.
back behind -- a wall,
behind the wall, a modern bustling city.

no road ahead of me　　no one following behind me
I　　choose to do things my way.

22

廢田上的雜草
一個完整的色譜

把單純放大
有眾多的姿彩

Weeds on abandoned fields
a full spectrum of colours,

pure simplicity enlarged
with a multitude of charming poses.

23

竹竿和鐵鎖
雙重鎖住
一對木門

門邊齊肩處
插滿的
曾經是線香

一間舊屋
一個鎖住了的墳

Bamboo rod and iron lock
double lock
the wooden doors,

shoulder high by the door
formerly full
of incense sticks

an old house
a locked-up tomb.

24

簷下的牆　　在陰影裡
一列橫印著的斜暉
鋸齒形
哪一戶的簷的光影？

光影下一幅紅揮春
「吉星拱照」

一個入牆的泥香爐
也許算是神位

太陽不是星

Wall under the eaves　　in the shade
horizontal sunset strip
jagged saw-toothed
shadow of someone's eaves?

auspicious words in the shadow of the sun:
"Lucky star shining high".
clay incense burner built into the wall
could have been an altar.

The sun is not a star.

25

被兩間舊屋挾持著
一株小樹
以它自己喜歡的
說不出理由的姿態
伸向天空

Sandwiched in between two old houses
a small tree

with its own preferred
inexplicable posture
reaches for the sky.

26

我在木門裡
一對木門閂
雙交成「井」字

在井口向下望
井
很深　　很深

I am inside the wooden gates
whose pair of wooden bars
intersect into a well frame.

looking down from the mouth of the well,
the well
so very deep　so very deep.

27

順乎變化萬千的山勢
每一條山澗
有不同的水聲

不守律　　不砌韻
各自有自然悅耳的
流動

Following the infinitely changing mountain shapes
each mountain stream
has a different sound

without prescribed rules　　without rhyme
each has its own naturally pleasant
flow.

28

青苔
是裝飾了
還是掩飾了
發霉的屋角

Moss:
is it decorating
or covering up
the corners of the moldy roof?

29

白色的　　一條小蟲
在肥厚的菜葉的
背面

生命在背面
在暗綠的陰影中
蠕動

White　little bug
on the underside of
a thick vegetable leaf,

life is on the backside
in the dark green shadows
wriggling.

30

青青的草
立淺淺的水中

被浸溶了的紅霞
流泛
在淡淡的水面

Green grasses
standing in shallow waters

overrun
by the soaking sunset clouds
on the surface of the pale water.

31

枯幹　　粗粗的
兩三片紅嫩的小葉
背了光

小葉之間　　隱隱
有蛛絲連著
背了光

A withered branch　　thick
two or three tender red leaves
out of the light

between the leaves　in secret
cobweb connections
out of the light.

32

前景紅葉如火
大片　　大片　　大片大片

遠景的村屋前
一縷藍色的炊煙
凝固

Up ahead, red leaves like fire
big patches　　big patches　　big, big patches.

in front of the far away village house
a stream of blue cooking smoke
congeals.

33

一朵紫喇叭
獨自攀上
海邊的鐵絲網

圓圓的一隻耳朵
傾聽著潮汐
孤獨　　重覆

A purple morning glory
climbs by itself
up the wire fence by the sea,

round ears
listen to the tides
alone   again and again.

34

母牛和它的兒子
望著我

無欲又無奈
遺傳著的表情

The cow and her son
gaze at me

without desire and without choice
inherited expressions.

35

木瓜樹
葉柄乾折
巨葉乾死

而纍纍的木瓜懸著
正由綠變黃
由白變黑的種子啊

Papaya tree
stems dried and broken
huge leaves dried and dying

yet piles of papayas hang there
turning from green to yellow
and turning from white to black, their seeds!

36

小樹散生著
一群獨立　　在水中央

點點　　滴滴
陽光碎在這海濱
一千隻獨立的眼睛

Little trees grow here and there
one group stands alone　　in the middle of water.

drop　　by drop
sunlight is broken up on this seaside
a thousand solitary eyes.

37

浮在黑潭上
一點寒光

真實而遙遠
一點星

Floating on the dark pond
a spot of cold light

real and yet so far away
the dot of a star.

38

戴一個假面具
對虛偽的現實
用一個假名
在身份證上

在鄉　　在野
我沒有面具
對日月山水
我沒有名字

Wearing a mask
to face a sham reality
using a false name
on my ID.

in the countryside   in the wild
I have no mask
facing sun, moon, hills and waters,
I have no name.

39

一條山徑
一個沙灘
一座巨石
一個冰點的凌晨

我送給你們
一個又一個
好聽的名字

你的名字是你的特徵
A mountain path
a beach
a huge stone
a freezing pre-dawn,

I give you
pleasant sounding names
one after another

your name is your distinction.

40

一把木梯登向何處
一根擔挑挑過甚麼

陶水缸有圓圓的容量
竹編的籮
載不了雨　　載不了風

Where has the wooden ladder led?
What has the shoulder pole carried?

The earthenware water vat has a round capacity.
the bamboo woven basket
can carry no rain　no wind.

41

一棵不知名的古樹
破石而出
破美學規則

用自己的
連自己也不可預知的形態
獨立

A nameless ancient tree
has broken through the rock
broken through esthetic rules

with its own
totally unanticipated shape
standing on its own.

42

被攔腰鋸斷了
一株野樹

我也是一樣的
只有這樣你才能看到
我的編年史

Sawed off at the waist
a wild tree,

just like me.
only thus can you read
my chronology.

43

從小見大
從靜見動
從死亡見永生

一切無言
最大的內涵

最響亮的　　是宣傳
一扯即破的是包裝

to see the great from the small,

to see movement from stillness,

to see eternal life from death,

all wordless

has the greatest connotations.

the loudest of all things　　is propaganda.

packaging:　one tug, and it falls apart.

44

平平仄仄
是我踩出來的
一條野徑

我敲響了太陽和月亮
一東
二冬

Level and oblique,
my steps have paced out
a path in the wilds,

I have made the sun and moon ring out
dong!
dong!

45

黑瓦　　白牆
實用而藝術

無俗可媚
無眾可嘩
無世可欺
無名可盜的
村屋

Black tiles　white walls
practical and artistic

no worldliness to entice

no crowds to hustle
no world to cheat
no fame to steal
just a village house

46

退皮了
正在退皮的一截樹幹

皮　　還沒有脫落
捲起　　捲起
捲起也是一種美

It's peeling
a peeling tree trunk

peels　　not yet dropped off,　　just
curling up　　curling up
curling up is a kind of beauty too.

47

甚麼昆蟲織就了
一張白色的吊床
一群小小的黃絨球花
熟睡在上面

岩石　　岩石間
細密而沒有重量的
一張白色的網
網住了秋天

Some worm has woven
a white hammock
a bunch of little yellow flower balls
sound asleep inside.

rocks　　and between the rocks
tightly woven and weightless
a white net
has netted the autumn.

48

山從來不大聲疾呼
就是山松
也不屑如此

所謂松濤
是多事的風

The mountain never cries aloud
even the mountain pine
will not stoop so low,

the soughing of the pines
comes from meddlesome winds.

49

一條山澗就是這樣流著
不滯　　不漫
自己的速度　　自己的方向

就是這樣
我流進你的心裡
停住　　成為典故

A mountain stream just goes on flowing
never stopping　　never overflowing
at its own speed　　in its own direction.

in this very manner
I flowed into your heart
stopped　　and became an allusion.

50

任黃泥變紅磚
紅磚變三合土
三合土變成甚麼
一種死亡

接一種死亡

墓石　　是歷史
野草　　是未來
我是現代

Let the mud become red bricks
red bricks become mortar
and what does mortar become?
from one form of death
into another.

gravestones　are history,
weeds　　are the future,
I am the present.

51

永恆　　是一座輝煌的殿宇
還是一陣海潮？

上接史前
下接史後
這一展曠野

Eternity　is it a splendid palace
or is it a tide?

connected to prehistory
connected to posthistory
this vast open space.

（完）
(The End)
Translation by Jan W. Walls and Yvonne Li Walls

不吃飯‧不吃菜

一個西裝領帶公事包的「內賓」
獨對一盤九寸的里脊
二十五元一條紅燒活魚
喝啤酒　不吃飯

一個滿身泥塵的中年或青年
走進來　取了菜譜看了半天
走出去　半天　再走進來
點了菜　帶進來三個同伴

服務員接過菜單瞪大眼：
「你們幾個人？」
臉上說：吃得了嗎？

吃完了　四個人走了
服務員對著桌子笑
每人一斤白米飯一粒不剩
不喝酒　不吃菜

四個人喝一碗青瓜湯下飯

1983年秋，記北京所見。

香港舊街二題

儒林台

一叢羊齒蕨就遮住了
「儒林台」中英文石刻的陰紋字
午後陽光
有影而無形　無厚度的書法

據說曾是富貴人家的大宅
在半山　傾斜總是不公平的
層層石級阻隔汽車的喧囂
讀書人總是愛靜的
不用汽車　用兩個人抬的轎子
學而優則仕乎？

文窮而後工
永不斷絕的遺傳只有貧窮
貧無立錐之地的鐵皮屋
僭建在石牆頂永不改變

年年月月風吹雨打
石牆上的青苔更綠更茁壯
種種色色低賤無名的植物
一代接一代生根在石縫裡
長奇異的葉開奇異的小花
就這樣僭建成一片大森林

二奶巷

竟有一條幽暗的小巷
夾在兩座新型大廈之間
我遺下二十世紀的市聲

誰的葡萄藤遮住了天空？
又窄又斜又曲曲折折
是否走進了私家的地方？

說是九如坊裡一位紅阿姑
被一位死了妻子的富商看中
還得到了安和里所有的樓房

傾城姿色換來全條巷的房子
全條巷的房子卻換不到「填房」的名稱
人們總把安和里叫做「二奶巷」

她鬱鬱而死

安和里盡處豁然開朗
一座大廈是中區母嬰健康院
我記得剛才進口處有許多古董店

1987年8月20日

送家姐移居澳洲

那一堆少年向著那個揹著藍背囊的同學
不整齊的　高聲唱「高山，攀過望遠方」
用調笑的語調唱那首勵志的歌
我心裡唱起了　「別離人對奈何天」

那一堆少年一個接一個輪流的
擁抱那個揹著藍背囊的同學
模仿著西方人的禮節其實是鬧著玩的
我嘗到我嘴角的微笑　是苦的

「禁區」屏風前的人潮似停滯不前
分不出誰是行人誰是送行人　回頭
見家姐抬眼注視著走進去的人群
啊不　家姐不是剛才給人潮帶了進去嗎？

想起母親　實在死得太早了些
來不及感受我對她的斷續的懷念
家姐一向住港澳我沒有想到要見面
妹妹下個月也要移民加拿大了

別離原來也是一種死　交通和通訊
只能減低它的程度　改變不了本質
家姐是我一出生就認識我　妹妹是
她一出生我就認識她而又住在一起的人

1988年，中秋送月夜，香港。

水禽湖畔

拍翅急行綠色的湖面
似飛又似滑水
一隻斑斕的雄鴛鴦

圓圓的旭日大而紅
在特快的京廣線眼中
滑過晨霧遠樹連綿的綠頂

一隻一隻　又一隻一隻
烏鴉群　不整齊的
在兩叢柳樹間穿梭
鴉　鴉　鴉
用廣東話喊自己的名字

廣播說盧溝橋在右方
迎面衝來
雷一樣衝來太響太長一列黑貨卡
鐵鏽長城擋住所有的眼睛
盧溝橋過去了

刺耳的竹裂聲在報喜
亦黑亦白一隻喜鵲飛
所謂喜　聽來是慘烈的

動物學家最會分類
喜鵲也是鴉

火烈鳥一足獨立
灰鶴在群舞
鴻雁埋頭自己的翼下
柳下的湖和湖心的沙洲
從天鵝到潛鴨都若無其事

陸續走過湖畔的游人
總是甚麼也不找
總是說：
「鴛鴦呢？」

1988年10月，作於北京動物園。

因為皇帝手上還緊握著

一九一九年五月四日
北京
三千學生示威
破窗而入官府
痛打高官

今天
一九八九年五月十八日
北京
那高官
安坐在官府豪華的沙發上
痛斥學生

那三千個同學呢
絕食第六天了
一千人倒在廣場
兩千人昏迷抬進醫院
有幾十人吐血
又損害腦神經

他們的糧食呢
是官方賜與的承認和對話

是官方賜與的「特赦」
甚麼「秋後算帳」

昨天在北京
不是三千
是三千的一千倍
三百萬血肉在街上遊行
舞龍打鼓　像慶祝勝利

高官　死到臨頭也毫無懼色
因為皇帝手上還緊握著
一枝手槍
也就是我們說的
民主

1989年5月18夜急就

註：此詩刊於當時香港《星島日報。學運專輯5》

坦克履帶上白腦漿的回憶

廣場的燈突然熄滅
一片不測的詭秘展開
我不知道是甚麼要掩人眼目的罪惡
要在黑暗中進行
歷史　是電樞紐可以任意關掉嗎？

突然亮起
連從來沒有見過的也一盞盞亮起
裝甲部隊已經佈好了陣勢
廣場被團團圍住
機槍在前　坦克殿後

我們指揮部的喇叭
用我們的聲音取決「撤退」還是「堅守」
我喊的是「撤退」
聽來比「堅守」弱
卻成了多數

我是可恥的
凌晨時我也一起喊過
「誓死捍衛天安門
　直到最後一個人」
廿四號早晨我也和十幾萬人一起

跟著柴玲的聲音
高舉右拳宣誓

後來軍方自己稱讚的
「不愧人民的鋼鐵長城」
圍住了我們的血肉長城
我們向南方突圍要打開出口
要緩緩流向歷史博物館的方向
要進入歷史

機槍不停的響
紀念碑北側唱著國際歌的幾百個同學
手扣著手 一條亂纏的鎖鏈
應不斷的槍聲一排排散落
滿石階不相連的連環
人民英雄紀念碑原來是
一堆呻吟的血肉

面對機槍的瞄準而屹立不動
被澆以汽油　噴以火燄
活活燒死而屹立不動
他們是歷史上最勇敢的人
我羞恥
「連活都不怕，還怕死嗎？」
　要選擇民主　就要選擇死

還有比他們更勇敢的
長安大街上的群眾
同樣是手扣著手像奴隸身上的鎖鏈
「法西斯！」「畜牲！」
痛罵著前進
向著機槍的槍口
向著在體內爆炸的達姆彈前進
一輪槍聲響過　收屍
再組織另一次　再前進　槍聲　收屍
再組織另一次　再前進　槍聲　收屍
這樣的半小時一次
在測試著對方子彈的總存量
在測試中國法西斯的民主
我羞恥

機槍在背後掃射
幾輛坦克從背後追來
我轉身
手拉著手掩護著撤退
鋼鐵的龐然怪物沒有停
我突然聽見自己腳骨斷裂的聲音
坦克履帶往復來回
我聽到自己的頭骨在爆裂
一攤白晝就開在地上

我死也要黏附在履帶的牙縫裡
我是證據

我是目擊證人

誰也沒有拍下照片
同學　群眾
港澳台記者和外國記者都來不及
軍方在三天後帶記者看沖刷好的現場
說當晚天安門廣場沒有死一個人
他們可以這樣說
歷史可以這樣寫
而我對我自己是記得清楚的

在履帶的牙縫間我看得清楚
坦克輾過蓬帳裡來不及驚叫的同學
一條黑煙柱在毀屍滅跡
直昇機運走一袋袋來不及處理的屍體

在履帶的牙縫間我看得清楚
當民主女神被推倒
向右方倒地時右手先斷
卻還緊緊握著白色的火
民主之火的燃料原來是腦漿

1989年6月8日凌晨

【註】此詩刊於《作家的吶喊：1989年中國學運香港文選》
　　　書中，（香港作家協會編，繁榮出版社，1989年8月第
　　　一版。）

辛苦一生（歌詞）

辛苦一生，做牛做馬，只為淡飯和粗茶；
光棍一條，四海為家，唉聲嘆氣也不是辦法。

辛苦一生，不求發達，不怕人家笑我傻；
辛苦一生，做牛做馬，只為淡飯和粗茶。

任你拚了老命都是假，
一聲解僱你就要回家。

做到頭暈眼又花，
背痛腰酸聲又啞，
發生XXX又傻倒不假。

辛苦一生，不求發達，不怕人家笑我傻；
辛苦一生，做牛做馬，只為淡飯和粗茶。

註：此為1978年香港電影《光棍神偷雙彩鳳》插曲。
　　韓牧詞，顧嘉煇曲。
　　其中「XXX」是電影中聽不清楚的三個字音。

夢裡不知（歌詞）

記得那次回祖國觀光
睡在賓館寬敞的房間
夢裡不知身是客
還以為睡在家裡狹窄的床

夢醒後才領悟到狹窄的香港
是民主法治之窗

記得那次旅行到異邦
睡在酒店整潔的房間
夢裡不知身是客
還以為睡在家裡雜亂的床

夢醒後才領悟到雜亂的香港
是東西文化交點

狹窄的香港
民主法治之窗
雜亂的香港
東西文化交點

只有香港才配做
我的家鄉

1990年1月作（原稿已佚，2022年1月偶然發現。）

附記：香港作家聯會於1989年12月18日，向會員發出〈徵文
通告〉，大意謂：「香港作家與音樂家攜手，合作音
樂曲譜，並舉行音樂會。這活動由本會與聯合音樂院
等機構合辦，音樂會的日期初步擬定在1990年8月下
旬。現徵求會員創作曲詞。音樂會以『香港，香港』
為標題，請創作以香港題材為主的歌詞，以有韻及韻
腳明朗為佳，將交由音樂家選取以譜曲。截稿日期：
1990年2月22日」

第五輯

歌曲手稿

這些好東西都決不會消失，
因為一切好東西都永遠存在，
它們只是像冰一樣凝結，
而有一天會像花一樣重開。

——戴望舒〈偶成〉

民主女神之歌

民主，民主，你在哪裡？
我們尋找你已經幾千年，
你在哪裡？

民主，民主，你在哪裡？
我們尋找你已經幾千年，
你在哪裡？

民主，在我的手，
火種，迎風前進，
狂風，一旦把它吹熄，
燃燒我自己！

民主，民主，你在哪裡？
我們尋找你已經幾千年，
你在哪裡？

1989年6月，作於香港，調子悲壯。

附記：此歌曲的曲及詞，是韓牧作，當時發表於香港的《經
　　　濟日報》，筆名「鄭燕」，已佚。2022年1月偶然發現
　　　此歌曲原稿如上。

F调 4/4　　　　民主女神之歌　　　词曲：鄭燕

```
0  0  0  5 4 | 3 - - 2 | 1 - - 17 | 6 - 1 - |
         民      主,    民   主,   你       在  哪

5 - - 5 5 | 6 7 1 64 | 32 2 - 0 | 4 3 2·1 |
裡?  我们   尋 找 你 已 经  毀 千 年,      你   在 哪

1 - - 5 4 | 3 - - 2 | 1 - - 17 | 6 - 1 - |
裡?  民      主,    民   主,   你       在  哪

5 - - 5 5 | 6 7 1 64 | 32 2 - 0 | 4 3 2·1 |
裡?  我们   尋 找 你 已 经  毀 年,        你   在 哪

1 - - 1 | 6 - - 434 | 5 - - 1 | 2 - - 333 |
裡?  民    主, 在 我 的  手,    火    種,  迎 風 前

2 - - 1 | 6 - - 434 | 5 6 2 0 | 4 3 2·1 |
進,  狂    風, 一 旦 把  它 吹 熄,   燃 燒 我 自

1 - - 5 4 | 3 - - 2 | 1 - - 17 | 6 - 1 - |
己!  民      主,    民   主,   你       在  哪

5 - - 5 5 | 6 7 1 64 | 32 2 - 0 | 4 3 2·1 |
裡?  我们   尋 找 你 已 经  毀 千 年,      你   在 哪

1 - - 0 ‖
裡?
```

（1989年6月作於香港, 調子悲壯）

冬至沉默

當吵耳欲聾的蝗群驟降
蜂兒嗡嗡　蟋蟀齊鳴
我是一隻沉默的彩蝶
彩色翩翩
是我的心聲

當風狂雨暴電閃雷鳴
野草迎風　林木搖動
我是一座沉默的睡火山
在朦朧中
睡夢中　欲醒

2020年，冬至日。

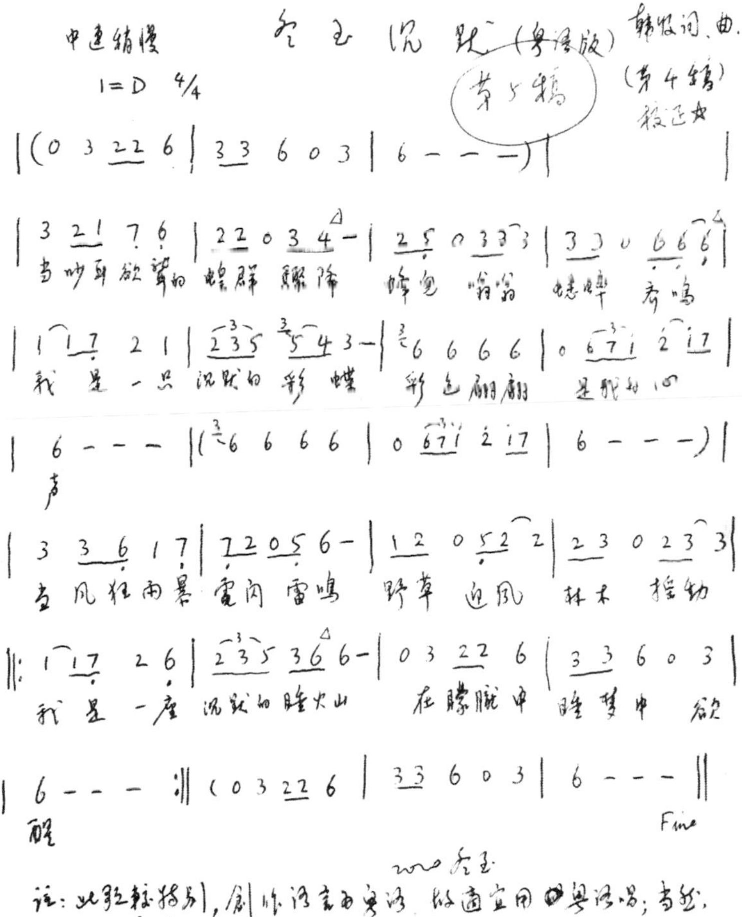
中速稍慢
1=D 4/4
韩牧词、曲
我是一只沉默的彩蝶
我是一座沉默的睡火山
在朦胧中
醒
Fine
注：此歌较特别，创作语言为粤语，故适宜用粤语唱；当然，同时适宜用国语唱。

全人類的頭髮都是白的

當我出生時
我的頭髮是黑的

當你們出生時
你的頭髮是黃的
你的頭髮是金的
你的頭髮是灰的
你的頭髮是棕的
你的頭髮是紅的
你的頭髮
不知道叫甚麼顏色的

當我老邁時
我的頭髮是白的

當你們老邁時
你們的頭髮和我一樣
都是白的

原來
全人類的頭髮都是白的

2008.10.1.

1=C 3/4　　全人類的頭髮都是白的　韓牧詞、曲

輕快地　　　　　　　　（四段）

| 3 - - | 2 1 2 | 3 - 3 | 5 - - | 6 7 1 | 6 - 1 |
当　　　我　　　出生　時　　　　我的头发 是

| 2 - 3 | 2 - - | 3 - - | 2 1 2 | 3 - 3 | 4 - - |
黑　的　　当　　　你们　出生 时

| 3 3 2 | 1 0 5 | 2 0 0 | 2 0 0 | 3 3 2 | 1 0 5 |
你的头 发是 黄　　的　　你的头 发是

| 3 0 0 | 3 0 0 | 3 3 2 | 1 0 5 | 4 0 0 | 4 0 0 |
金　的　　你的头 发是 灰　的

| 3 3 2 | 1 0 5 | 5 0 0 | 5 0 0 | 3 3 2 | 1 0 5 |
你的头 发是 棕　的　　你的头 发是

| 6 0 0 | 6 0 0 | 3 3 2 | 1 0 5 | 5 - 4 | 3 - 2 |
红　的　　你的头 发是 不 知 道 叫

| 3 - 2 | 1 - - | 3 7 2 | 1 0 0 | | |
甚么颜 色　　甚么颜 色

(P1)

| 3 - - | 2 1 2 | 3 - 3 | 5̣ - - | 6̣ 7̣ 1 | 6̣ - 1 |

当　　　　我　　　老 近 时　　　我 的 头 发 走

| 2 - 3 | 2 - - | 3 - - | 2 1̂ 2 | 3 - 3 | 4 - - |

白　的　　　当　　　你 们　　　老 近 时

| 3̇ 3̇ 2̇ | 1̇ 0 5̣ | 5̂ - 4 | 3̂ - 2 | 3̂ - 2 | 1 - - |

你 们 的 头 发 和 我　　如　　　一　　　样

| 3̇ 7̣̇ 2̇ | 1̇ 0 0 | 1 - 1 | 6̣ - - ⌒ 6̣ - - | 6̣ 7̣ 1̇ |

都 是 白 的　　原 来　啊　　　　全 人 类

| 7̣ 6̣ 6̣ | 0 0 0 | 3̇ 7̣̇ 2̇ | 1̇ 0 0 ‖

的 头 发　　都 是 白　的

P. 2

枯樹賦

別再向樹洞傾訴了
它已經自身難保
小心會被它壓死
風起了
如果這棵老樹注定要倒下
花果會飄到彼岸
從此十年樹木百年樹人
你也沒甚麼可以向陌生的樹木好說
更別妄想攀高枝
隨時會掉下來
而人啊人
墜下只會躺在原地

（林夕：《十方一念》專欄，
加拿大《明報·星期六週刊》。）

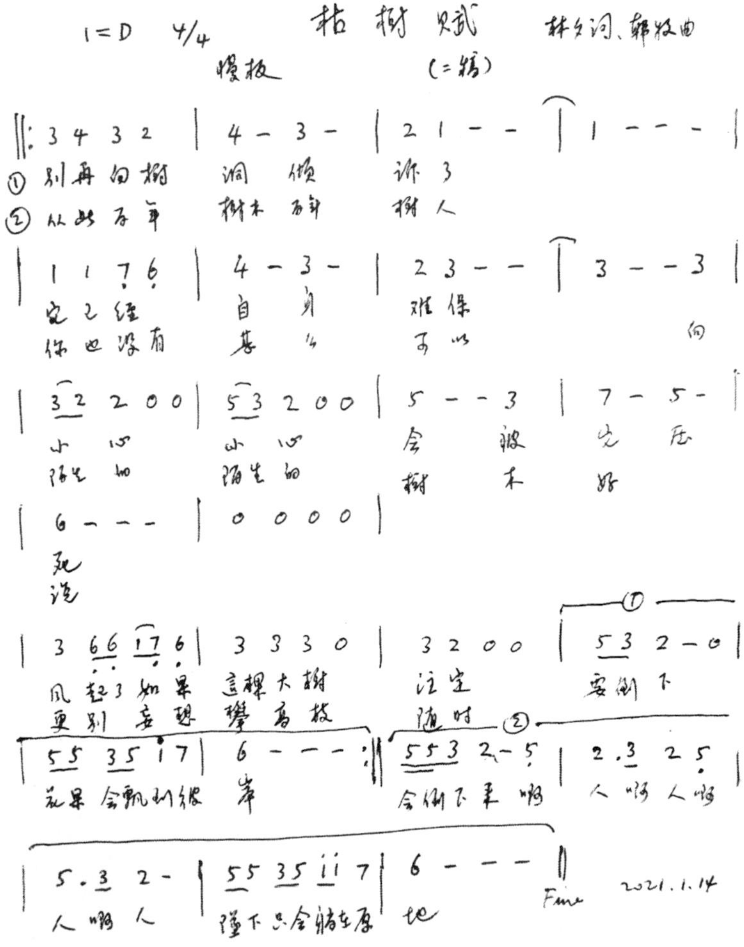
1=D 4/4
枯樹賦
韓牧曲
慢板
風起了如果 這棵大樹 注定 要倒下
人啊人啊
人啊人
Fine
2021.1.14

偶成

如果生命的春天重到，
古舊的凝冰都嘩嘩地解凍，
那時我會再看見燦爛的微笑，
再聽見明朗的呼喚—— 這些迢遙的夢。

這些好東西都決不會消失，
因為一切好東西都永遠存在，
它們只是像冰一樣凝結，
而有一天會像花一樣重開。

戴望舒　一九四五年五月三十一日

▌韓牧社會詩

|: ② ③ ⑥④ | 5 - - - ‖ 3 - 34 | 5 - - 5 |
西 都 永 远 在   主 它 们 只 是

| 5 5 43 | 7 - 6 - ‖ 60 1 7̲6̲ | 5 - - 5 |
像 冰 一 样 凝 结   而 有 一 天 会

| 5 - 64 | 3 - - - ‖ 1.② 24 - 7 | 1 - - - ‖
像 花 一 样 重   开

|: 1 - ③ ⑨ :‖ 2.② 24 - 2 | 5 - - - ‖ 5 - - - ‖
如 回 生

| 5 0 0 0 ‖ Fine   2023. 1. 15.

P.2

狐狸・山貓・丹頂鶴

一隻狐狸背地裏造謠
說那隻善於捕鼠的山貓
不是貓　是老虎的兒子

小動物們全都相信了
包括當新聞記者的烏鴉
包括當歷史學家的烏龜

狐狸就是為了要擠進新聞
擠進流芳百世的歷史
所以要把能幹的山貓擠出去

但是山貓只顧捕鼠除害
牠也不去否認大家所公認的：
最忠誠最能幹的動物　是狐狸

山貓有牠自己的苦衷
因為狐狸以前也捕捉老鼠
還指導過牠捕鼠的技術

更因為如果小動物內部不團結
萬一給山上的老虎知道了
就會趁機會把牠們逐隻吃掉

一萬年後　業餘考古家丹頂鶴
發掘出一節粗粗的前肢骨
和一顆尖尖的牙齒

牠作出了精確的鑑定：
這是一隻善於捕鼠的山貓
那是一隻善於造謠的狐狸

1982年春。

1=C 4/4　狐狸・山猫・丹頂鶴(詞錄)　韓牧詞・曲

‖: 3 5̲ 3 6 6 | i̲2̲ i̲7̲ 6 0 | 5 2 3 4 | 3 - - - |
　一只　狐狸　背　地　裡　造　　　謠
　山猫有牠　自　己　的　苦　　　衷

| 1̲ 1̲ 3 3 | 2̲3̲ 2̲7̲ 1 0 | 3 3 2 1 | 5 - - - |
　說那只善於　捕　鼠　的　　山　　猫
　因為　狐狸　以　前　牠捕捉老　鼠

| 5 5̲ 5 0 | 6 6̲ 6 0 | 5 5̲ 3 5 | 6 - - - |
　不是猫　　是老虎　的　兒　　子
　還指導過　牠捕鼠的　技　　術

| 7̲ 1̲ 2 0 | 1̲ 2̲ 3 0 | 2 2̲ 5 4 | 3 - - - |
　小動物　　全都　　相　信
　更因為　　如果　　小動物不　團結

| 2 2̲ 2 0 | 3̲ 3̲ 3 3 - | 3 3 2 1 | 5 - - - |
　包括着　　訪問記者　的　烏　鴉
　沒一給　　山上的老虎　知　道

| 2 2̲ 2 0 | 3̲ 3̲ 3 3 - | 3 3 2 7̲ | 1 - - - |
　包括着　　歷史學家　的　烏　龜
　就會　　乘机会　把牠們吃　掉

P.1

2 2 3 4 | 5 - 3 - | 2 2 3 4 | 3 - - - |
狐狸就是　　　为3要　　　挤进诱　　　闷鹤
一方　　　　年後　　　考古家研顶

3 4 5 - | 4 5 6 - | 2 2 6 #4 | 5 - - - |
挤进　　　流芳百世　　　勾为　　　史
徐掘出　　　一笑　　　粗粗的前肢　　　骨

3 4 5 - | 4 5 6 - | 2 2 4 3 | 1 - - - |
所以要　　　把山猫　　　挤出　　　去
和一颗　　　卖卖的　　　牙　　　齿

1 1 2 0 | 5 5 2 0 | 5 4 3 5 | 2 2 - - |
但是　　　山　猫　　　只顾捕良　　　除窘
把作去　　　最精确的　　　鑑　　　定

3 4 5 4 | 3 - 5 - | 2 2 3 #4 | 5 - - - |
把也不去　　　否退　　　大家的公说　　　的
这是一只　　　善抒　　　捕良的　山　　　猫

3 4 5 4 | 3 - 5 - | 2 2 4 3 | 1 - - - ‖
最忠诚最　　　够辭的　　　是狐　　　狸
那是一只　　　善抒　　　进谄的狐　　　狸

注：此诗作于 1978 年秋，後被日本选入「中国语」课本中；
　　2021 年 2 月配曲。　　　　　　　　　　　p.2

亭

我的四足　穩然
立於山頂
把懷念伸進泥土
如樹幹

沒門　沒窗
我卻擁有
四面的雲風

山鷹請進來
落葉　也請進來
你們要走
我不強留

飛簷　是四翼
欲凌空而起
飛翔於
四個方向

1968年

1 = E 3/4

亭 (二稿)   郭玟词.曲

‖: 3 - 4 | 5 - 3 | 1 - - | 5 - - | 6̣ 7̣ 1 | 2 - 3 | 2 - - ⌢ | 2 - - |
我 的 四 足 稳 立 在 山 顶

| 3 - 4 | 5 - 3 | 1 - - | 5 - - | 4̂ - 2 | 7̣ - 2 | 1 - - ⌢ | 1 - - |
把 根 全 伸 进 泥 土 像 树 干

| 7̣ - 1 | 2 0 0 | 1 - 2 ⌢ | 3 0 0 | 2 2 2 | 5 - 4 | 3 - - | 3 - - |
没 门 没 窗 我 拥 有 四 面 窗 风

| 5 - - | 3 - 2 | 1 - - | 5 - - | 6̣ 7̣ 1 | 2 - 1 | 1 - - ⌢ | 1 - - |
山 鹰 请 进 来 落 叶 也 请 进 来

p.1

| 7̣ 7̣ 1 | 2 0 0 | 1 1 2 | 3 0 0 | 2 - 2 | 5 - 4 | 3 - - | 3 - - |
你 们 要 走 我 不 强 留 我 不 强 留

| 1 - 2 | 3 - - | 2 - 3 | 4 - - | 3 - 4 | 5 - 3 | 6 - - | 6 - - |
我 奋 起 四 翼 欲 凌 空 而 起

| 5 - - | 3 - 2 | 1 1 1 | 5 - - | 6̣ 7̣ 1 | 2 - 7̣ | 1 - - | 1 - - ⌐①
我 翔 于 四 个 方 向 四 个 方 向

②⌐ | 4 - 4 | 4 - - | 3 - - | 3 0 0 ‖
四 个 方 向
Fine

p.2

第五輯 歌曲手稿 ▍417

最後一夜

一進入愛知縣境就記起了她
那地址寫了四年　五年來再沒有寫過
心血來潮　寄一張旅館的明信片
到她這個婚前的家

只是說今天我路過了她的家鄉
明晨趕赴東京　後早飛回香港
在東京住的哪一間旅館
我沒有寫下

在日本的最後一夜　夜已深深
我正在旅館的臥室裡收拾行裝
響起了從豐橋市打來的
長途電話

我們困難地交談　用一些英語
用漢語和日語中發音相近的詞兒
這個曾經是孩子的　有了一個
三歲的孩子

為了要會晤此生的第一面
恐怕也就是此生的最後一面

這個仍然是孩子的　硬要漏夜
趕來東京

她說「新幹線」是世上最快的火車
我放回聽筒　攤開長長的日本全圖
豐橋與東京的幾百里間　落下了
朵朵淚花

1973年春，新婚蜜月旅行途中，東京。

最後一夜（初稿）（二稿）韓牧詞曲

我甘於

痛苦的回憶是迷濛眼睛的淚影
伸手可到的樓台也當是蜃景
為了避免再度在沙漠中流浪
我甘於這未能確知的現況

願你不是虛幻的空氣　虛幻的光
而是可觸摸的花蕾　可擁抱的樹幹
就算是薔薇　就算是仙人掌
我甘於滿手的創傷　滿身的創傷

我夢見我變成漸漸濃厚的黑煙
繞你瓊琳般高潔的身軀瀰漫
祈望你閉目吹出一陣微風
我甘於在你的微風中消散

1969年

1=C 4/4　　　　　　　我甘於（王羚）　　韓牧詞曲

‖: 0 i 7 6 | 3. 4 5 - | 0 3 2 1 5 6 | 3. 5 2 - |
① 痛苦的　　回　憶　是這漾眼睛的　浪　影
③ 我夢見　我　愛成　漸漸沉厚的　　星　烟

2 - - 3 | 2 1 5 5. 5 | 7 6 0 4 3 | 2 1 5 - |
伸　手可到的　搖台　地方　是慶景
綠　你琅琳般　亮澄　身脆　漩漫

5 - - i | 7 6 3. 4 | 5 5 0 3 2 1 | 5 6 4. 3 |
面　了避免　再度　在沙溪中　流
祈　法你閉目　吹出　一浮　輕輕傲

| 6 - - - | 6 6 7 6 | 0 4 3 2 2 | ① 1 2. 2 6 #4 |
浪　　　我甘於　這末能　確知的　現
風　　　我甘於　在你的

| 5 - - - * | ③ 1 2. 2 6 7 | i - - - | i - - - ‖
況　　　微風中清　駛　　　　　　　Fine

|* 0 1 1 1 | 6 6 4 4 | 0 4 5 6 | 4 - 3 - |
歌你不是　虛幻的空友　虛幻的　光

| 0 3 4 3 | 3 3 2 2 | 0 2 1 2 | 3 — 3 — |

　　雨　是　于　　按摩的花蕾　　　于　撫抱的　樹　幹

| 0 1 1 1 | 6 — 4 — | 0 5 5 3 | i — — — |

　　就　筭　是　　薔　薇　　　是　仙　人　　掌

| 0 3 4 3 | 3 3 2 2 | 0 7 2 7 | i — — — ‖

　　我　甘　於　　淪爲　創傷　　　淪爲　創　傷

註：這三節，詞與曲譜用同一旋律，其實大有區別。原詞三節，第一、三兩節形式、節奏相近，但第二節不同，現第二節配上詩旋律，應先單調處理。2021.2.25病中。

歌曲《民主，你在哪裡？》後記

　　2020年冬至日，意外作詩一首，名為《冬至沉默》，寫的是香港現實。寫成後，覺得它整齊而押韻，適合配曲譜，於是馬上成了一首歌。自此，歌興一發不可收拾，一個月內，作曲連詞，成歌七、八首，大部份用自己的詩配譜，也有為大詩人戴望舒、填詞人林夕的詩來配。此是後話。

　　在為《冬至沉默》作曲之時，回憶起1989年5月間，我這個未曾學過作曲的人，竟然寫出了五、六首歌來，連譜帶詞。當年發生天安門事件，我曾寫過一些詩，後來情緒高漲到詩寫不出來，於是就寫歌，自己配歌詞。這竟然正如《毛詩。大序》所說：「詩者，志之所之也。在心為志，發言為詩。情動於中，而行於言。言之不足，故嗟嘆之。嗟嘆之不足，故永歌之。永歌之不足，不知手之舞之，足之蹈之也。」

　　我向來尊崇「詩史」杜甫，我立意跟蹤事態發展，一一以歌記錄，寫成立刻投寄到報刊，幸獲選用發表。一直到「六四」突然爆發，情緒崩潰，歌也寫不出，連上北京聲援的計劃也只好取消了。

　　再說去年的冬至日，我苦苦追憶當年那幾首歌，只能記得一首：《民主女神》，也許它的旋律易於上口，還有，移加初期，也曾在一位專業女歌唱家的府上，與新朋友們合唱過。曲譜，我記得牢，一點不差。但歌詞後半部就記不清了，與當年所作、發表時的原稿就有出入了。因為後半首的詞是新配的，與原來的歌名《民主女神》配不上，所以改名

《民主，你在哪裡？》，似乎合適些。

2021年第三十二個「六四」夜，加拿大烈治文。

第六輯

附
錄

如果我沒有去石家莊，沒逛那裡的書店，
沒有買詩集，那麼除了這兩棵樹之外，我
就可能再也見不到這第三棵讓我吃驚的樹
了，這第三棵樹就是澳門詩人韓牧筆下的
《連理樹》。《連理樹》——連理樹說／
我並非連理／所謂連理／是互相糾結／互
相拖累於兩者的小天地

——青黛〈蔭蔽情感的三棵樹〉

《百年新詩學案・澳門篇》韓牧簡介

古遠清

1

韓牧，1938年花朝節生於澳門戀愛巷。1957年夏移居香港，1989年冬移居加拿大。二十世紀六十年代末開始大量創作新詩。七十年代起，雖身在香港，卻寫了一些以澳門為內容的名作。如1974年的組詩《澳門獵古》七首、1977年的組詩《澳門雜詩》九首，都相當精緻。其中〈「銅馬」鑄像〉、〈在「連勝馬路」上〉，用入童年時聽到過的傳說；〈遠眺十字門〉、〈尋圍牆遺跡不獲〉、〈望廈村的石檻〉、〈東望洋燈塔〉、〈教堂教堂〉、〈關閘門〉等，用入史料，都結合到澳門的現狀，寫得簡短而深刻，在澳門新詩中罕見。

1976年寫了〈這片土地曾經有過〉。韓牧幼年家貧失學，幸得一位同鄉長輩資助入學。長輩逝世，他回澳奔喪。詩末說：「這片土地曾經有過／一個偉大的螞蟻」。這詩的內容、產地都是澳門，因他是港澳兩棲的，這詩獲選入香港政府公共圖書館出版的《香港近五十年新詩創作選》中，又獲選入香港中文大學翻譯研究中心編譯出版的《二十世紀香港文學作品英譯集》（《To Pierce the Material Screen》）中。

1977年，他寫了組詩《回憶幼年時》，共二十首。白描第二次世界大戰時期澳門一個幼童的生活點滴，不但童趣十足，更真確描述了戰時的艱苦，具史料價值，在澳門詩中絕無僅有，難能可貴。1978年的組詩《個人資料》，詳細描繪了童年、少年時在澳門的學生生活，具有典型性。

2

　　八十年代起，韓牧開始關心到「澳門文學」的獨立發展，1984年3月29日，他在澳門的「港澳作家座談會」上，呼籲「建立『澳門文學』的形象」，學者譽為澳門文學界的覺醒。自此，他頻密回澳，一方面在東亞大學（澳門大學前身）攻讀文學碩士，同時努力推動澳門文學活動。例如1986年他創立了「澳門新詩月會」，自任主持，每月邀請一位澳門詩人為嘉賓，公開研討新詩。月會初期在東亞大學舉行，因路程較遠，後來移師「澳門日報」會議廳。1986年1月，韓牧協助東亞大學中文學會舉辦大型的、為期三天的「澳門文學座談會」（實質上是國際學術研討會），他發表長篇論文〈澳門新詩的前路〉。此外，他又開設兒童詩的專題講座，鼓勵開展兒童詩創作。又參與「澳門青年文學獎」、「全澳學生朗誦比賽」、及「澳門筆會」的工作。

　　1988年春，他為台灣的《亞洲華文作家》雜誌編了一個《澳門新詩專輯》，他選了二十五位澳門詩人，合共二、三千行詩，又配上他的論文〈澳門新詩的前路〉。這雜誌行銷東南亞許多國家。像這樣，澳門作家向外地顯示文學成績，從未有過。

3

　　八十年代韓牧不斷回澳，對澳門的現狀有深刻瞭解，寫了大量澳門內容的新詩。主要發表場地也由香港、南洋的文學雜誌、報刊文藝版，轉到澳門的報刊來。如《澳門日報》的〈鏡海〉文藝版、大學的學生刊物等。

　　這時期（1982－1989），他的澳門詩數量多、內容廣。單篇詩約24首，有些還是百行以上的長作。組詩12組共92首，總共約116

首之多。

　　先談內容方面：以澳門人為傲的，有〈舞獅〉、〈八角亭〉。
寫自己小學、中學、大學生活的的，有〈東亞大學圖書館外望〉、
〈大學兩題〉。寫大型社會活動的，有〈歸隊〉。寫友情的，有
〈那一列大葉榕〉、〈兩首「無定式」的新詩〉、〈朋情十八
瓣〉。寫愛情的，有〈一對蜆殼〉。寫童心的，有〈童心二首〉。
寫搜集文學史料生活的，有〈墓中記〉。寫藝術家的，有〈彩色
魚〉。寫個人生活的，有〈回國回家記〉、〈登何東藏書樓〉。寫
澳門自然界和社會生活的，有〈行吟古蓮上〉。評論澳門新詩的，
有〈二十四詩品〉。從歷史看現在以至未來的，最多，有〈登東望
洋堡壘〉、〈陰陽路〉、〈軍械博物館，重陽〉、〈初登蓮峰〉、
〈那一列細葉榕〉、〈澳門號下水〉。這最後一類，下文會詳述。

4

　　1985年1月，東亞大學中文學會出版了《澳門文學創作叢
書》，共五種。以韓牧的詩集《伶仃洋》出版得最早，可說是澳門
出版的第一本新詩集。1987年，韓牧應友人李鵬翥之請，自編了一
本《待放的古蓮花──韓牧澳門詩選》，此集全本寫澳門，可惜未
能出版。直到1997年，該詩集得澳門基金會資助，由澳門「五月詩
社」協助出版。

　　韓牧在書末的自跋說：「《待放的古蓮花》一名中，『待放』
是時代，『古蓮』是地方，專指這一時期的澳門，卻隱含了澳門的
過去、現在和將來。所選詩作都是描寫澳門或以澳門為背景的，可
以見到特定的時間和起點，真實的風物和人事。而泛指的，可移用
的，都不選。詩作大部份寫於澳門，自一九七四年起，至一九八八
年，歷時十五年。」

誠如吳志良在該書序文中說：「作為炎黃子孫，作為文化人，他對澳門有強烈的民族感和深刻的歷史思考。」

5

除了上述七十年代的組詩《澳門獵古》、《澳門雜詩》、《回憶幼年時》之外，1985年寫的長180行的力作〈登東望洋堡壘〉，寫到了澳門悠久的歷史、細緻的社會現狀以及瞻望澳門的未來。1986年的〈陰陽路〉，寫市區中央一條大路，比較往昔與目前。詩末暗寫涉及華人與土生葡人的融洽相處。〈軍械博物館，重陽〉及〈初登蓮峰〉，可見作者強烈的民族感情。1987年的〈那一列細葉榕〉也是一首力作，有接受現實、迎接新生的意蘊：「一步　　就跨越新舊交替這一刻／舊的歷史死了　　也不必再提／看不見的年輪是日記是未來的歷史／新的美感將由此而產生／廿一世紀那一列細葉榕」。

〈澳門號下水〉是常被引用的一首名詩，獲選入權威的詩選中。總述澳門歷史及現況的電視台大型記錄片，也用這詩作為總結的尾聲。此詩務實的看待澳門複雜的歷史，有信心面對即將面臨的大改變：「大西洋　　中國海／始終是相連相通的／光輝也罷　　屈辱也罷／四百年是非逝去的水／／先進也好　　破落也好／船身　　就是這一個船身／我們體察著風力和風向／調整著船帆／／船舵　　掌握在我們手中／在船尾轉動／對著歷史又與歷史疏離／駛向未來　　歷史的反方向」。

6

韓牧的澳門詩的藝術性方面：韓牧喜歡透過對歷史的反思以書寫現實，故而內容豐厚，寫實的基礎上也常有異想奇思。他的感情

真誠而熱烈，語言平白而精煉，文語與口語混融，因而形象清晰、意蘊深邃。節奏自然而有個性，特點是兼具古典味與現代風，據此，很容易從別人的詩作中辨認出來。

　　學者劉登翰說：「而對澳門，他（韓牧）的批判深入到歷史，作品既有強烈的生活氣息，又有深沉的哲理意味。由幽微到宏碩的聯想，意象生動而又蘊藉深沉。」（《香港文學史》）

　　韓牧曾提出「現代現實主義」一詞，學者吳宗熙認為：「他的理想，他的追求，正是接受『現代』的雨露陽光的現實主義，……看來，他的詩，是『現實』的心靈，配上『現代』的身體。」（〈韓牧詩文藝術特點初探〉）

2018年3月

話說韓牧

呂志鵬

> 流動的歲月沉澱成泥
> 淤塞黏滯
> 與陸地連成一體
> 好像什麼也沒有發生過
> 因此什麼也不必留下了

——〈芬蘭泥沼〉

　　雖然我始終不肯定現在的歲月是否經已成泥，也不肯定小城是否有發生過什麼大事，畢竟多年來，我也只沉醉在小城的文學世界裡，是微微和風也好，是急風驟雨也好，大多都只屬於過去。或許年紀漸長，加上生不逢時，一個不屬於文學的年代，象牙塔內對話什麼的都顯得格外無聊，我常常在想，明明澳門的發展愈來愈好，每年亦有文學獎、年度作品選和文學節了，甚至還有不少普及式的文學座談會，這是所有人都知道的轉變，亦給予了我們無限的可能，但不知怎的仿佛就沒有了令人振奮期待的樣子。

　　對，那些年筆者太年少，我沒有足夠地認知、經歷過韓牧先生的年代，故沒有體會到澳門文學形象建立的階段。雖然如此，我還是能從〈建立「澳門文學」的形象〉、〈為「建立『澳門文學』的形象」再發言〉看到那充滿可能性的文學願景。當然這裡的「可能性」亦可能是朝向凶險的一方面，甚至可以嚇壞人的。

提出建立「澳門文學形象」

　　「當晚我（為建立「澳門文學形象」）發言的時候，葡國拔蘭地的酒意未消，頭昏面熱，在嚴肅的辦公室中說得很衝動，我自覺是酒後吐真言。發言後，得到與會的澳門作家的共鳴……事後，有一位好友說我的發言是『失策』，另一位朋友說我『冒失』……我應該由香港走向中國，走向世界，而不是從香港走向澳門，越做越小，說我搞這些文學活動有什麼前途。」能見諸文字的批評意見，可能還好一些，而未能見諸文字的，那日前與八十高齡的先生飯聚時所聽到的，更會讓人捏一把冷汗。這裡主要的問題是，將建立「澳門文學形象」理解成一個政治上的問題，是否想透過地方文學形象的幌子將澳門的文化根源從中華母體割裂開去？甚至質疑在文章中不曾提到澳門屬於中國，就是像在搞「澳獨」似的，這在未回歸前畢竟是非常敏感的，即使現在看來亦然。

　　但先生的底氣還是足的，畢竟並沒有因此而被嚇怕，並再撰寫了〈為「建立『澳門文學』的形象」再發言〉一文。此文雖然對上述問題隻字未提，但卻從側面說出了澳門文學形象建立的目標：「澳門文學要有澳門的地方特色……其建立，不但衹是取決於一批作家、一批作品。更高的目標也許是，一批各具風格的澳門作家，寫出各自的作品，合起來，在讀者腦中形成一個比較真實而全面的澳門的面貌。」

　　這裡對筆者影響最深的，還是「澳門文學當然不甘於衹成為香港的附庸」這句話。老實說這是一句相當令人費解的說話，因為時年先生已是著名的兩棲詩人（兩棲者香港與澳門也，當然現在是三棲了，還增加了加拿大。），其成名之地主要就是香港，加上香港文學形象要比澳門來得早，從地理和文化生活等角度來看也相近，理論上可借鑑和參考的地方多的是。然而，從〈建立「澳門文學」

的形象〉、〈為「建立『澳門文學』的形象」再發言〉兩篇有關澳門文學形象的主要文章內容上看,除了小思一個人名外,卻又再看不到什麼香港的例子,反之南洋一帶的例子比比皆是,如:「馬來亞南部有一個『南馬文藝研究會』……竟然召集近一百個文藝青少年,由作家、報紙編輯講課,研討」、「一位朋友寄來一本油印的兒童詩選,是小學生寫的……是屬於《麻坡基督小學叢書》之三」、「去年冬天雪蘭莪中華大會堂舉辦了一個馬來西亞華文學史料展覽,規模很大,因為大受歡迎,後來還在各地巡迴展出。」諸如這些,為何都只見到南洋華文文學的例子?我們可以看到先生有意無意間強調與香港的疏離,甚至強烈地反對成為其附庸,這又是何解?這與長時間生活在香港,吸收香港文化土壤和資訊的情況不太搭調,而且先生還是以新詩成名於港呢!及至面談時,才終於突破了筆者對先生過去只能在著作上的認識,在言語間才比較豐富地了解先生這個人,以及他的人生觀和經歷,而在那感傷、唏噓,甚至有些憤慨中,先生才說明了此事的原委。原來因為在港生活期間,先生對香港的文壇十分失望,認為時年不少文壇中人為了名聲者眾,反之實幹的人少。正如他自身所言:「我愛藝術,我愛詩,香港供給我源源不絕的養料和詩材,我感謝。但它又不停地扼殺著真正的文學藝術。……你吹我,我捧你,你是提攜後進我是尊師重道,各得其名。還有,漠視前輩、利用同輩、壓制後輩,我都目睹過身受過了。」若然有朝一日「澳門文學」在不良榜樣下只能成為佔書架,賣書的標題口號或個人名聲的累積,那麼市儈和現實將會玷污澳門文學,畢竟依先生當年的觀察,認為澳門這片土地還是相對純潔的。若然依書直說,依人直言,那麼香港豈不是乏善可陳?

那又未必,畢竟在當年來說,香港的資訊,不論是文學和非文學都是十分流通的,故在港期間,先生在香港大會堂圖書館接觸了大量南洋一帶的華文文學訊息,甚至因為投稿寫作而加入到當地的

文學團體。這自然是後話，但不說不知，其實先生自始至終都未曾親赴當地，亦未有什麼十分實質性的緊密接觸，但從文字上認識的南洋文學形象，卻陰差陽錯的成為澳門文學形象的雛形。大家可以試想一個在澳出生的澳門人，然後移居香港，在香港吸納了南洋文學的訊息，然後反過來影響澳門，這是一件多麼奇妙的事啊！

在此再做點補遺，鄭煒明教授在〈寫在「澳門文學座談會」之前〉一文中對「澳門文學」作了五項標準界定：一、土生土長，並長期居留澳門的作者的作品；二、土生土長，但現已移居別地的作者的作品；三、現居澳門的作者的作品；四、非土生土長，但曾經寄居澳門一段時日的作者的作品；五、作者與澳門完全無關，但作品主題與澳門有關，那麼這類作品也應列入澳門文學的範圍之內。這五點界定事前也有與先生商討，當中先生還是有一定的異議的，正如筆者與先生相聚也提出了對澳門文學形象界定的意見一樣，主要先生想強調澳門文學的不確定和變的特性，並據此為一個地方的文學整體打氣，爭地位，而不是為了設立壁壘，剔除非我族類。所以先生並不提倡系統的劃分的。

韓牧與他的新詩

除了澳門文學形象的問題外，若然沒有提到先生的新詩，那將會是本文的一大損失，畢竟先生早在香港時便以新詩聞名，及後在澳門大學讀碩士時，更以新詩為研究點，亦曾在澳組織「澳門新詩月會」。在新詩創作中，短詩入選了香港中學語文教材；寓言詩則獲日本選入「中國語」課本；而〈一朵罌粟花的聯想〉更為加拿大國殤紀念日唯一中文朗誦詩；出版過諸如《伶仃洋》、《鉛印的詩稿》等多部詩集及《她鄉，他鄉》新詩攝影集，其中《伶仃洋》是澳門歷史上第一套文學作品集的專題作品之一。此外，先生亦於

《亞洲華文作家》，為澳門詩人編了一個「澳門新詩專輯」；內裡選了二十五位澳門詩人，合共二‧三千行詩，又附了〈澳門新詩的前路〉一文。這可以說是澳門詩人大集結向外展示的首次。最後頗為難得的是，還有不少有關新詩的研究文章，如〈馮至詩分期研究〉、〈論兒童詩的寫作〉、〈澳門新詩的前路〉、〈舒巷城詩的本土性〉及〈僑民‧居民‧公民：從加拿大華文新詩窺探加華詩人自我身份定位〉等等。從以上的介紹情況，我們可以看到先生對新詩的涉獵範圍還是十分廣的，可以說是多面中的稀有品種也不為過，實在無法在這篇短文內作全面的介紹。這裡筆者只想談談詩作和澳門新詩月會兩項。

先談前者，記得早年曾在本版的「我讀澳門文學」欄目中為先生寫了《鄉的展現─談韓牧〈澳門獵古〉》，那些詩句「飄揚在十字門邊　窺伺或者進攻／要爭奪這一塊登上大陸的跳板」；「後來的海盜趕走了先來的海盜／先來的海盜趕走了原來的居民」……都攜帶著獨特的歷史感，而這種歷史感又透出了先生濃濃地方之情的懷念，那種懷念是一種與心靈的默契，這種默契是維繫人在異地不被壓抑和扭曲的關鍵，亦是心靈秩序重建的途徑，所以先生非常關注那過去歲月背後所蘊含的精神價值。這類型的詩作簡潔，卻不失典雅，深遠又不失深刻，但令筆者想不到的是先生的情愛詩寫得也是一樣的精彩，比方說不得不提的〈愛情元素〉。那是一首二〇〇一年作品，這除了是新世紀的開始，亦是先生停筆創作新詩十年後的第一首作品，更重要的是這不是一首我們過往常看到的、前文提到的歷史和風物類型的作品，反而是一首頗為前衛的情愛詩，以新出發、新角度、新嘗試，讓我們看到一個全新的韓牧。

「又溫熱又滑膩的肌膚／從全裹到全裸／從耳鬢廝磨到纏綿繾綣／從輾轉反側到不斷重覆的摩擦／那種不相悅時是最大的侮辱／而相悅時是最大的交歡／分不出誰是主動誰是被動／分不出升上仙

境還是被置諸死地／極大的痛苦的極大的快感／直欲從獸／帶著人性直射向神域／那絕命的嚎叫……」

好像是「愛情動作片」吧！嗯，是的，但畢竟時代不同了，即使將此真實呈現也不是什麼壞事，這裡的「動作」非常容易的成為焦點，但這並不單純只有此「實用價值」，它實質是先生心靈的鏡子，映照出那種期待又激烈的內心世界。同時，先生亦企圖讓讀者領悟到自己與身體的緊密關係，亦不希望再被世俗規範屏蔽，讓靈魂與軀體結合，具有典型完整主義的意味，這種完整又直接的交流亦仿佛成為多向可能的角度，愛情亦被賦予了更深和立體的意義。而且這與傳統男性視角或佔主導地位的設置並不相同，反而更多的是一種平等，「分不出誰是主動誰是被動」的展現，雖然「極大的痛苦的極大的快感／直欲從獸／帶著人性直射向神域／那絕命的嚎叫」無可否認的是用了一種誇張的手法來述寫，亦甚具象徵意味，但作為愛的一部分，其中的確傳遞了重要的愛情訊息，直接以性言說宣示，可以說最真實的還原了「完整的」愛情。這裡的精彩點是與過去一般人寫愛情傾重於情感和理念的操作方式不盡相同，可以說更有熱情，甚至是激情。正如詩人詩情十年爆發無異，難怪著名詩人瘂弦說：「此詩顯示出詩人內心的最底層，慾的激發與靈的昇華交替敘寫，非常深刻有力，我極喜歡、佩服。……從來人們寫維納斯總是美呀美的，從來不敢把一個男性對女性的直覺（慾念、獸性等骯髒的部分）寫出來，而你卻寫了。詩中有慾、有靈，交纏、矛盾、鬥爭，最後得到辯證的統一，把慾化為靈，把獸性變成神性，最後體現出被維納斯征服的美。詩人失敗了，維納斯勝利了，而也當然，真正的意味是詩人的詩勝利了。」（瘂弦：〈兩封信〉，韓牧詩集《愛情元素》代序）

至於「澳門新詩月會」則是一個由先生主導和策劃的活動，於一九八六年首次舉辦，一個以新詩為主題的月會。最初在東亞大學

（即澳門大學前身）舉行，後來由於路途遙遠改為在澳門本島舉行，並由澳門中國語文學會協辦，主導還是由先生操刀。月會的模式是邀請一位主題詩人，然後由詩人朗誦自身的作品，再講述創作原因和難點，最後進入討論環節。這裡不單能分析專題詩人的作品內容和技巧特點，同時亦能使參與者增加對不同類別詩作的認識，另一方面通過不同的詩人和詩作的接觸，可系統地擴大了參加者對不同表現形式詩作的解讀能力。「澳門新詩月會」的模式和經驗可以說豎立了澳門新詩傳播的範例，同時亦顯示了澳門新詩發展已一步一步趨向公眾化，這對當年來說，意義是非常積極的。

　　難得與先生會面，筆者提了最後一個問題：「今年是〈為「建立『澳門文學』的形象」再發言〉三十周年，你在文章中提到的意見，如設立文學獎，出版文學叢書等已成為現實，那麼再一個三十年，你認為澳門文學應該何去何從？」先生笑著回應說：「你的問題很有趣，也激起我的思考，但我其實於澳門來說已經OUT了，未來應該由此時此地的人說了算。」

鄉的展現

——談韓牧〈澳門獵古〉

顓頊

澳門新詩史中有沒有原鄉型作品？當然有。早在一九九六年八月出版，由學者鄭煒明所主編的《澳門新詩選》已有專門章節（外篇）來闡述兩棲詩人，而這批詩人的部分作品就是描述「澳門鄉」的。

比如陳德錦的〈黑沙灣印象〉：「那兩三座鐵皮屋下／大漢轟飲著啤酒／一個難民色彩的夏令營／躲藏在晾衣與午睡之間／……／剛剛爬上公路的葉脈／匆匆如活動的背景／拉開暗藍的車窗回首才看見」，還有張錯的〈風順大教堂—並憶余過往之童年〉：「鐘樓的大鐘仍然噹噹齊鳴，／但對有心無力的時鐘，／內心卻有著無比深沉的隱痛；／每一響大鐘的翻滾撞擊，／都勾引起一種怔忡，／而怔忡過後，／竟又已是廿餘年後的時光了」。

這些來自上世紀七、八十年代的詩句，可以看到澳門當時的新詩主題不但反映城市現實，探求浪漫朦朧，還有「回望」。

在二〇一五年，筆者於本欄分析詩人陶里的〈草堆街〉（詳見〈時代的旋律—讀陶里〈草堆街〉），那是一種在地回望，即在澳門生活而回望過去；上文所引的陳德錦和張錯的作品則是一種在外回望，一種以地域距離構成的原鄉回望。而後者作品中較為典型的代表，便是本期主角：詩人韓牧及其作品〈澳門獵古〉。

這是一首上世紀七十年代中期的作品，以組詩的形式呈現，全詩共分為七首，包括〈遠眺十字門〉、〈「銅馬」鑄像〉、〈尋圍牆遺跡不獲〉、〈在「連勝馬路」上〉、〈登中央炮台〉、〈連理

樹〉，以及〈望廈村的石檯〉。組詩中溫柔的語調，回憶的氣氛，以及以豐富的想象來推進情感的直抒手法均令筆者印象難忘。

「我是『馬交仔』，在澳門出生，在澳門玩泥沙，在澳門受教育。吃吉大番薯，吃喳咋，吃蛋卷，喝澳門的鹹淡水長大……」（〈建立「澳門文學」的形象〉）作為澳門人，韓牧和澳門的關係雖「是互相糾結／互相拖累於兩者的小天地」，但因為「我是羽族／看我振起十億根翠綠的羽毛／我上升　我飛旋　我屬於青天」，志在四方的韓牧還是選擇離開。

只是離開不等於終結，「澳門」作為原鄉再次於他的腦內浮現，如〈遠眺十字門〉所述：「將軍們　水手們　有沒有想過／岸上的人和自己有不同的膚色／而十字門的水／卻和自己老家的河溪相連」。那些將軍和水手為著利益，在當局者迷下或許看不見，但作為遊子，作為離鄉的人能感受不到嗎？正如一條河，一過彎就流向另一片天地了，以後十彎、百彎、千彎，便已離家很遠了，繼續前行是唯一選擇，而最初的發源地，只能真的作為發源地來憑弔。

當然，這時出現的不一定是最初那種熱情的姿態，沒有了激憤，沒有了抗議，反而換來更多的是在冷卻後情感的凝練，尤其是豐富了人生閱歷與藝術準備後，如：「炮座旁一張張石碑　刻不出真實的歷史／這一棵二百多歲的老榕也太年輕了／小草　我欲詢問你的／四百代的祖先」（〈登中央砲台〉），這裡便更見亮麗。

此外，在韓牧的作品中，沒有看到所謂「鄉愁」，如：「你建築圍牆的目的是為了拆卸／你拆卸／為了建築一道更北的圍牆」（〈尋圍牆遺跡不獲〉）。同樣表達葡人貪婪侵略，過去常用的手法是：「澳葡帝國主義，／在這個世界上，／你們算是什麼！／你們是區區的跳樑小丑，／你們是窮途末路的碰壁蒼蠅，／如果你們還想撈個『第一』，／那就是美帝最骯髒的徒弟。」（王心文〈澳葡帝國主義，你們算是什麼！〉）。

韓牧的〈「銅馬」鑄像〉中，「農民把綠豆送給他的馬蹄／最後是鐮刀戰勝了火槍」，主要以「淡」和「離」體現，「圍牆　或者鐵絲網／祇是古地圖裡褪色的一線」更發現韓牧付笑談中，把自己放置在既屬於澳門，又不盡是澳門的境地，調整出中庸的聲音。

　　面對離去，韓牧牽引出的一方面是地方的不堪歷史已過去，如「你是一隻囂張的刺蝟／而今　我踏上你的背／指向北的　都已撤去／指向東指向西的　都已撤去／剩下一隻多指的無援的手／伸向射程之外」（〈登中央砲台〉），另一方面則是點明強大所引出的美好現狀祝願，「駕艦隊而來的／從這石檔上　拿到了第一張／瓜分中國的支票／一百三十年水一般流過了／誰敢再駕艦隊而來／兌換那張支票呢」（〈望廈村的石檔〉）。這與當年本土詩人的操作方法不同。

　　在當年，除非詩是為了鼓舞人群，否則一般的同類作品都以深沉或壓抑作結，就像「你不敢抬起頭來／天上有刺眼的驕陽／你垂下沉重的頭／繼續走著走著／老是走不完的路呀」（（駱南僑：〈老黃牛〉））的基調，但韓牧恰恰不去強調那些「過去的，尤其艱難的日子」，反而面向再生的偉大未來。

　　過去筆者認為「『圍牆』、『門牌』、『馬蹄』、『翠綠的羽毛』……這些都無不浸染詩人的美感和認識經驗。詩人在內部情感世界對外部物象世界的觀照與映射中，將飽含有歷史和現實的審美詩情，在文化與直覺中顯示出來。其詩遍佈了詩人所聞、所思、所感，這不單是諦聽歷史的回聲、記錄著澳門發展軌跡，亦是從懷古幽思中透出了詩人濃濃的地方之情。」但今天看來，當年筆者還是嫩了一些，只注意到詩內的詞組，反而忽略了最重要的「大」地點—「十字門」、「銅馬」、「圍牆」、「連勝馬路」、「中央炮台」、「連理樹」，「望廈村石檔」。

　　這裡至少應該還有一層解讀，就是韓牧做到以小見大，為我們

闡釋了「地方」所包含印象與歷史揉合的意蘊，如〈在「連勝馬路」上〉中，「這路面最少蓋住了／兩條彎彎曲曲的戰爭的路線／後來的海盜趕走了先來的海盜／先來的海盜趕走了原來的居民」。詩中的「勝」，甚至「連勝」的無意義顯然易見，雖然最終「原來居民」缺席，但這並不影響以歷史為中軸的還原下，構建出澳門人的心理之根。

這裡筆者還想再補一筆，韓牧在一九八四年三月二十九日在「港澳作家座談會」上提出〈建立『澳門文學』的形象〉─他可是第一人啊！由這節點開始，澳門開始出現了「澳門文學」這種講法。認同者眾多，反對者亦不少，正如筆者也曾聽過：「澳門哪裡有澳門文學，只是那群所謂的澳門作者本身水平不濟，無法與周邊，甚至世界競爭，所以就用澳門文學這名頭作防護罩」（註：利益申報，筆者自己也是那無法與世人競爭的澳門作者）。

筆者由此想起韓牧那些話：「我雖然說了一大堆話，他仍然堅持沒有『澳門文學』這一個品種……一個只會寫詩的人和一個對澳門沒有感情的理論家交手，我鬥不過他」、「也許有人會認為，澳門地方小，人少。但是，不能因為這樣就失去獨立性……澳門，從歷史、政治、經濟、生活習慣，甚至語言、語音，都是與其他地方有異的」。

筆者聯想到，單從澳門中文新詩來看，一九二0年已有第一首新詩，比香港還要早吧！詩人華鈴與中國文壇的接軌，以及其音樂化的入詩都可算特色了，至於土生詩人創作的新詩也兼具葡國和中國詩的特點，我想其他地方應該沒有吧！還有那些南來或歸僑詩人，以至同時期的朦朧及黑色意識的混合，也是與附近地區截然不同，何況還有賭場詩呢。

至於能不能與其他人競爭，文學不是跟人比的，是跟意識與宇宙之上的真實比的。如果非得說甚麼水平，澳門作家黃文輝先生說

我們不比周邊的水平差，鄭政恆亦說澳門的詩長期受到不公平的對待，水平被嚴重低估。

至於衝出去，我們也可舉出姚風、鄭煒明、懿靈、袁紹珊、凌谷、盧傑樺吧！從學院派去觀察，學士、碩士，甚至博士的論文都有不少以澳門文學為研究對象……當然，還有人說：「澳門文學這名頭，好圈資源呢！」若真如此，反而要說，澳門文學何愁大業不成！

筆者在此鄭重呼籲，朋友們，來創作吧！加入到澳門文學圈子來，一齊寫嘢致富，一齊迎娶白富美／高富帥，一齊走向人生巔峰吧！

蔭蔽情感的三棵樹

青黛

午後的陽光很暖，坐在沙發上握著電話和友人聊了半天的少年讀詩時的時光。那時所發生事情，枝枝葉葉的自己大多都不清楚了，到是友人一邊說笑一邊補充，好久才讓我模糊地描繪個輪廓出來。

年少時讀詩歌的自己是個什麼樣子，現今已經全然淡忘，只有當時讀過的好詩仍然深深印在腦海裡，偶爾月白風清春草如煙的時候，就會躍然心頭。數年白駒過隙，只如昨夜悄然開放在窗台上茉莉花兒，淡淡的清香依舊悠然，久久不會散去。

初讀舒婷寫的《致橡樹》這首詩時，根本體會不到女詩人的詩中獨到的對女性自身價值的謳歌和堅持，和對愛情對人生的嶄新而獨立的個性化抒發。那時的喜歡，只是喜歡這首詩的大氣磅礡，不像一些愛情詩那樣纏綿悱惻到骨頭里，膩得叫人無法消受。

雖然當時的八卦緋聞都曾說，這首詩是寫給有妻室的老詩人蔡其矯的。那時的舒婷還沒有結婚。可是這又能怎樣？誰都可以信誓旦旦地說自己的愛是真愛，又有哪個敢站出來說自己一生只愛一個人。又有誰可以斷言自己的一生只被一個人所愛。

人的生命中充滿了無奈和禁錮，但是情感是沒有辦法制約的，愛一個人就要對他說出來，象舒婷的《致橡樹》寫的那樣—我們分擔寒潮、風雷、霹靂；我們共享霧靄、流嵐、虹霓。彷彿永遠分離，卻又終身相依。這首詩曾經在我年少時，陪著我逆風穿越過愛情的苦雨，現在偶爾翻檢閱讀還是有著年少時那種砰然心動的感覺。

後來由於心境的改變，開始對一些清新、雋永、有著國畫兒白

描一般筆觸的詩，有著難以言表的喜歡。席慕容的詩作大多是這一類的，她的幾本詩集伴我度過了一個個漫長的冬夜，像一朵朵白色的百合靜靜地開放在昏黃的燈光下。

她筆下的那棵開花的樹，讓我從看到的第一眼起就再也放不下，讓我從此無法忽視任何我路過的樹木乃至花草。因為，我無從得知究竟有沒有這樣一個人，已在佛前求了五百年為了和我結一段塵緣；不能確定佛是不是也把他化作一棵樹，站在我必經的路旁；也不能判斷出哪一棵樹甚至哪一株花草才是那個內心充滿著前世期待的他……

所以以後的日子，我憑添了份小女人才有的敏感。路過每一棵樹木花草時，都會仔細留神地看上一看，我不想有凋零的心和嘆息在我匆忙的腳步之後壓抑深深的痛楚。這點小心思我沒有對誰提起過，也許樹木知道、花草也知道、但是沒有人會知道。

隨著時光飛逝讀過的詩也是越來越多了，國內的朦朧詩先鋒詩知識分子寫作下半身寫作，七月派九葉派，還有德國的表現主義，歐洲的超現實主義等等。這一大段時間真的是很飢餓，瘋狂地閱讀一句句往肚子裡吞，但是只要靜下心來想想，最喜歡的還是這兩棵樹罷了。

如果我沒有去石家莊，沒逛那裡的書店，沒有買詩集，那麼除了這兩棵樹之外，我就可能再也見不到這第三棵讓我吃驚的樹了，這第三棵樹就是澳門詩人韓牧筆下的《連理樹》。《連理樹》——連理樹說／我並非連理／所謂連理／是互相糾結／互相拖累於兩者的小天地……

就這平平淡淡的幾句對我來說就像晴天霹靂一般來得突然，象釘子一樣洞穿了我。對於連理樹的由來還是在看過《韓朋賦》後才知道的，文中敘述了韓朋、貞夫夫婦在宋王迫害下堅貞不屈，雙雙殉情而死，化為連理樹、鴛鴦的故事。一直以來連理樹在我心中簡

直就是完美愛情的化身。

連理樹並非連理，只是互相糾結、互相拖累於兩者的小天地。詩人只幾句就顛覆了我的夢想，打破了我的思維模式，讓我突然覺得這曾經堅持的信念和美好，竟然能有這麼大的紕漏和差錯。思前想後，生活裡林林總總的事例證明，連理樹只不過是人們在愛情最初的階段產生的期望和幻想罷了。

納蘭容若的木蘭詞裡有這樣一句：人生若只如初見，何事秋風悲畫扇。是啊，如果一切緣分都在剛剛相識的美好和新鮮中定格，那麼就不會有那麼多的悲歡離合寂寞愁苦相互怨恨。就算有了「在天願做比翼鳥，在地願為連理枝」的誓言，也會輕輕嘆息說聲相愛容易相處難。

藏在情感深處的三棵樹，在我的內心不時地互相質問探詢互相疑慮辯解，像生命中三道風景線匯合成的一道難題。讓我時常在它們的蔭蔽下思考，反復地印證和辨別。讓我的呼吸總有著別樣的綠意，也使思維有著縱橫交錯的枝蔓和藤蘿。

經常這樣想，如果沒有遇到這三棵樹，我的生活會不會失色和荒蕪？我的情感會不會無所依托？樹與我之間究竟是怎樣的緣起我無法獲知，但是這三棵樹帶給我的清涼和安慰是巨大的，讓平凡的生命有了可供呼吸的充足氧氣，除了感謝和珍存我還能做些什麼呢？

詩人韓牧印象

空因

　　上個週末跟幾位熟悉的老作家朋友見了面，請他們到我們家來坐了坐，喝杯茶，吃點我先生親手做的點心。這其中幾位老作家除了大陸來的陳功炎先生，臺灣來的侯楨女士，還有澳門來的著名詩人和甲骨文書法家韓牧先生。因為他是第一次到我們家來，所以這裡我只談一下對他的印象。

　　韓先生38年出生，跟我父親同年。我本來跟韓牧先生素不相識，經《世界日報》的韓總編介紹，才有幸跟他取得聯繫。韓牧先生有心寫一本關於加國華裔詩人的書，他想跟我談一談，我就斗膽請他到我們家的寒舍來坐一坐，他也欣然同意了。

　　順便說一句，我跟同齡人往往沒有什麼太多話可說，因為我總覺得跟他們談話的主題太窄。可是，當跟老齡朋友在一起時，我往往大有話可談。我的先生笑我有「老人緣。」我想一想，的確是有道理的。除了小孩子，我最喜歡的就是跟年紀偏大一點的人聊天。我猜，其中最大的原因就是因為我愛聽故事。當前輩們跟我講他們的親身經歷時，我覺得有意思極了。通過跟來自不同文化背景的老者們交談，我的眼界也開闊了不少。所以，在加拿大，我深交的不少朋友都是年齡偏大的人，馮馮就是其中一個。邵燕祥先生上次從北京來溫哥華，他和他的太太也曾到我們家來暢談。我也覺得得益非淺。西人朋友中，我也交了不少七、八十歲的忘年交朋友。

　　我還未見韓牧先生的人，就先被他嚇了一大跳。因為，我注意到他這樣一個已入古稀之年的作家，寫出來的詩歌相當奔放和浪

漫，就像一個充滿激情的年輕人一樣。現在寫新詩的並不多，寫新詩的老人更少，而能夠像韓牧先生這樣在詩歌中毫不掩飾自己情感的老詩人就更少之又少了。所以，我還沒有見他面，心裡就已經對他充滿了好奇。

見了面，我覺得他更有意思了。他雖然頭髮已經花白，但兩眼炯炯有神，說話中氣十足，手舞足蹈，比有氣無力的我不知強了多少倍。他也十分率真，話語妙趣橫生。因為他是著名的書法家（曾獲香港書法冠軍，在世界各地辦書法展多次），我不好意思在我送他的詩集上簽名。他就毫不客氣地說，「這是不負責的行為。送給人家的書本，一定要簽名的，否則太不親切了！」我說我寫的字實在太難看了，不敢在他面前獻醜。他卻「逼著」我簽了名。

我們在一起談澳門，談大陸，談加拿大，談文化，談文學，談他這幾十年的歷程，談得很是投機。雖是初次見面，卻毫無拘束。我問了他好多尖銳的問題，他都一一回答了，然後，他「狡黠」地回頭看我，「好，現在你問過我的問題，我統統都拿來問你。」

我們提到當今商業社會詩歌無人欣賞的境地時，韓牧先生爽快地說，「詩歌，本來就是陽春白雪、高山流水；詩人，本來就是孤高、寂寞的人。茫茫天下，懂我者能有幾人？我們為什麼要求人家來接受我們、欣賞我們呢？我們並不靠寫詩來吃飯。能夠通過它來表達自己的情感和思想，不就已經很好了嗎？」我覺得他說的很有道理。是的，處於邊緣並不見得就是壞事。詩人們也許或多或少脫離了物質現實，但他們往往構造了另一種精神現實。這種現實也許更加真實，因為它其實就是我們的天性，我們沒有被蒙塵的童心。現代車輪的聲音越嘈雜，人類越需要聆聽和抒發這種發自心底的聲音。

跟韓牧先生的會面，不知不覺地，一個下午就這樣過去了。好多次，我都被他幽默率直的話語逗得大笑起來。我先生雖然聽不懂我們在說什麼，卻也在一旁微笑著忙上忙下。後來他告訴我說，

「啊，我的妻！聽到你這樣開懷大笑，你真不知道我有多麼開心！你眼裡的智慧的火焰，不是誰都能點燃的！」不得了，耳濡目染，我的先生也快成為詩人了！

　　韓牧先生雖然善談，但也很謙虛。每當提到他所取得的成就，他總是輕輕帶過。而他給我寫信時，總是謙虛地稱呼我為「空因兄」。這樣的虛懷若谷，也只有他們這一代人中才會見到。他要回家時，我先生要開車送他到家門，他也不肯，只肯讓他送他到天橋站為止。我問他是否要帶點小點心回去給他太太品嘗，他笑著說，「你不問我也要帶的。」

　　有個大師說，「人與人之間不斷地在做著能量交換，有的人吸走你的能量，有的人給與你能量……」我覺得跟韓牧先生在一起，他就是那種讓你全身充滿了能量的人。有這樣的朋友，多麼好！

　　這裡摘抄韓牧先生某組詩的一部分：

《雪葬》
你我都沒有料到
你我此生第一次見到的雪
是中國的雪

冬至日　零下三十度
你沒有頭巾我沒有帽子
走下了冰封的松花江

下午三點鐘　在江心
太陽停在江面像冷卻了的蛋黃
像你的臉
從南方升起又落向南方

一天到晚我都是這個長長的影子
我的影子是你
我是你的影子

冰上　我拉著你　一起學溜冰
三百六十度我一個急轉身
雙手一鬆就放走了你　你飄散
最硬的最軟的你都是
圍繞我　你是繽紛的雪花

當群冰驚醒
是明春四月
正是你的熱帶的潑水節
你是水（你最愛游泳）
向下游開始你長途的旅程

跋

火葬之後雪葬之後
還有一千次葬禮要舉行
一千次葬禮是一千次昇華
在一千個地點

黃河的河葬　長江的江葬
西湖的湖葬　南中國海的海葬
印度洋的洋葬
你的出生地成長地的土葬　風葬　雲葬

喜馬拉雅　崑崙　伊洛瓦底　瀾滄
鳳凰山　大霧山　信旗山
分流角　急水門　伶仃洋
錦田古村　大澳漁村　嶂上山村……

所有　從今以後
我能夠到達的地方

（韓牧，一九七九年，冬至日，松花江上。）

見到了詩人楊煉

韓牧

　　由「加拿大華裔作家協會」等主辦的「2023世界華人作家溫哥華聯誼會」，7月13日中午在「富大酒家」舉行，筵開十席。我發言後，當天整理內容如下：

　　今天很幸運，見到很多位來自歐、美、亞、澳各大洲的同道。

　　我是韓牧。我來了加拿大三十幾年了，是 1989 年從香港移民來的。我喜歡寫詩。七十年代末八十年代初，大陸出現了所謂「朦朧詩」，北島、楊煉、顧城、舒婷，以及梁小斌、江河等等，他們的詩我都看過。其中，我最喜歡，讓我佩服的，是楊煉。他與眾不同，歷史、文化比他的同輩詩人都深厚。「朦朧詩」的代表人物，像舒婷、顧城他們，也都在香港見了面，有交往。而楊煉，今天是第一次見到。

　　錢鍾書說：吃了雞蛋，覺得好吃，也不必去看那母雞。這話我不同意。當然，這只是他婉轉拒絕和讀者見面的理由，只是他的幽默。我認為，這雞蛋，並不是 3D，AI 搞出來的，是某一隻母雞生出來的，兩者之間，甚至與某一隻公雞，有著血緣關係。我們看雞蛋、母雞、以至鴨子、麻雀、燕子、加拿大雁，隻隻一樣，但牠們自己，父母子女都是分得清清楚楚的，可以證明，每一隻都是獨特的。

　　何況，文學藝術作品，是創作品，是作者的心血結晶，與作者的出身、性格、經歷，以至外型、風度，絕對有密切關係，所以，今天，我能見到楊煉，相隔幾十年，相隔幾千里能見面，這是我前生修來的緣份吧。

楊煉的詩，歷史、文化內涵深厚，是史詩型的寫作。讓我來形容，是「雄健，壯麗」。當然，他出國以後，更為廣闊、更具國際性。但在我，印象最深刻的，還是第一印象。

　　中國詩人我心中最崇拜杜甫。這一點，給前輩詩人、台灣的瘂弦先生看出來了。有一次在公眾場合，他說：「我想韓牧一定很喜歡杜甫的。」我知道楊煉同樣崇敬杜甫，除了杜詩高超的藝術性，相信與杜甫被稱「詩史」有關吧。

　　楊煉的詩一般都很長，四年前我偶然見到他一首只有十二行的詩，雖然短，從內容說，我覺得可以稱為「迷你的史詩」，詩題是〈致香港人〉，我是香港人，很有同感。相信在座很多朋友沒有讀到，讓我在這朗誦一次吧。

　　致香港人　楊煉
　　你們是星，我們是夜；
　　你們點燃，我們熄滅；
　　你們是漢，我們是奸；
　　你們淚熱，我們心死；
　　你們赴死，我們偷生；
　　你們走向街頭，我們縮進沙發；
　　你們為明天而流血，
　　我們為今天而苟活；
　　你們珍視愛的寶貴，
　　我們死守命的價錢；
　　你們三十年前還沒出生，
　　我們三十年後已經腐爛。

【後記】我開始發言，不少人還在忙於合影、傾談。後來，慢慢靜下來了。到朗誦詩時，鴉雀無聲。朗誦畢，意外爆出全場最熱烈的掌聲，原來海外作家們，還沒有「心死」。

國家圖書館出版品預行編目

韓牧社會詩 / 韓牧著. -- 臺北市：獵海人，
    2024.07
    面；　公分
    ISBN 978-626-98460-4-7(平裝)

851.487   113009026

韓牧社會詩

作　　者／韓　牧
出版策劃／獵海人
製作銷售／秀威資訊科技股份有限公司
　　　　　114 台北市內湖區瑞光路76巷69號2樓
　　　　　電話：+886-2-2796-3638
　　　　　傳真：+886-2-2796-1377
網路訂購／秀威書店：https://store.showwe.tw
　　　　　博客來網路書店：https://www.books.com.tw
　　　　　三民網路書店：https://www.m.sanmin.com.tw
　　　　　讀冊生活：https://www.taaze.tw

出版日期／2024年7月
定　　價／550元